オーダーメイドの幻想

オーダーメイドの幻想

ジェラール・マセ　鈴木和彦訳

水声社

sentier de la critique
批評の小径
水声社

目次

影の美術館

アレシュ・ポールスキーに

　影の美術館を創るにふさわしいのは、カフカの街だった。創ると言うより匿うにふさわしい、と言うべきだろうか。規格外の城と色鮮やかなバロック建築、薄暗い路地の縺れ合う、幻灯機に魅せられた街。何より朧で消えやすく、ひとの手をするりとすべり落ちてゆくものを匿うに、あの街ほどふさわしい場所、いや選ばれし場所は、世界広しといえどもまあ見当らないようだった。影ほど保存の難しいものもない。そこらの美術館や博物館に詰め込まれた家具だ玩具だ古い犂だといった雑多なオブジェや、もはや最新のトレンドを飽かずに叫ぶしか能のないような類の現代アートも引っ括めた、その手の骨董全般とはわけが違う。

　琥珀美術館《ミュゼ・ド・ランブル》？　ロンドン美術館《ミュゼ・ド・ロンドル》？　その場所の名を初めて耳にした時は俄に信じがたく、

てっきり聞き違えたものとみえた。ヴィリニュスにいた時分のことである。リトアニアの中心にロンドン博物館ではいまひとつ腑に落ちない。だが琥珀美術館なら用がないこともない。太古の氷山と新たに打ち寄せ続ける波に包まれ、幾星霜を重ねて化石となったこの樹脂はバルト海一帯で豊富に採れる。ここでは琥珀を使った蜜色の指輪やネックレスを生産しており（はえとり紙なども作られている）、罠にかかった昆虫が入っているのもたまにある。

だが、果たして、それは影の美術館《ミュゼ・ド・ロンブル》だった。驚きついでに想像を巡らし、陽の光が生む影よりもなお捉えがたく、かろやかに舞う影法師のひしめくマラー・ストラナ〔プラハの歴史地区〕がすぐに思い浮かんだ。しかし影自身は幻影のままでは生きられない。その身を託すものがなければどうしても実体が必要になる。というわけで、この一風変わった美術館を目当てにプラハを再訪することにした。

季節は冬。だが当の美術館が開いているのは四月から九月の間のみ、おまけに改修工事中ときた。閉館期間を利用して講堂や映写室として使われている部屋を改装しているらしい。仕方なしに灰色に凍てつく往来を数日ぶらついてみたが、幸運なことに、雪だ。おかげで街が現れては消えるような心持ちがし、異界との境に足を踏み入れることができた。雪とは裏返しの影。あるいは黒い影とは異なる場所に積もる白い影とでも言ってみようか。溜池の窪みに、足跡ひとつない地面に、洋服のひだに、大気に黒ずんだ彫像に、そこかしこの縁に、白い影が降りつみ、消え残る。城を避けての街歩き（カフカよろしく城は近寄りがたいままにしておきたかったということもあるが、それだけでない。あの城はあんまり広大で堅苦しくていけない。庭また庭、扉また扉が延々と続き、法の番人たちはもはや晴着の兵士に成り下がっている有様である）、影の美術館の前を幾度となく行き過ぎては建物の正面を見遣った。そこがじつに雄弁なものであった。

　というのも、美術館の入っているこの家屋そのものに謂れがあるのだ。この家を建てたのはヨブのような人であった（とはいえこの人は神の手に掛かったわけでないし、ここには堆肥の山も見当たらない）。成功を収めた後にどん底を知り、再び財を成したのである。プラハの資産家で、名をロトレフといった。彼がクトナー・ホラ〔チェコ中部の都市〕に銀山を開発した時分には、露天掘鉱山はボヘミア王国の要石であった。栄華の後、山の資源が底を突き、ロトレフに破産の恐怖が忍び寄る。妻の物であった金の刺繍のヴェールを抵当に入れ、坑夫たちに最後の賃金を払った。まさしくこれが報われた。坑夫が新たな鉱脈を掘り当てたのである。再度僥倖に恵まれると、質屋から妻のヴェールを取り戻し、ハヴェルスカー通りにこのU ZAVOJE（「ヴェール」）なる家を建てた。この教訓譚は二行に約められ、屋根のすぐ下に浮彫りで刻まれている。

春か夏、影にとっても観光客にとっても好もしい季節に出直して来るしかなかった。その家は以前のままだった。変わったところといえば、今の家主によって（あるいは館長だろうか。死の舞踏に強い関心を持っている人で、それでここの管理を始めたとみえる）家の正面に日時計が設えられている。美術館の看板兼シンボルマークとして、便箋や出版物のほか、売店に並ぶ食器などにもあしらわれていた。日時計に刻まれたNihil sine sol、太陽なくして何もなし、という金言はこの美術館の精神を要約するものだ。館長は当初一日のうち日時計の針が影をおとす間だけを開館時間にしようと考えていたが、いろいろと揉めて結局断念したらしい。

二階への階段（足元には昔風の十字窓から射し込んだ光が、日時計の影のように斜交いに移ろう。まあ陽射しよりも床のほうが暗いわけだから厳密には影とは呼べない、明るい影とでも呼んでおこうか）、来訪者はまずこの階段で驚くことになる。鬘を被った司会者風の男が来訪者を一時引き留め、チョークか木炭か何かで一人一人の輪郭を描いてくれるのだ。斜に射す照明を受けて壁に延びた人影をなぞるわけである。かくして来訪者の一団は（日によっては数人だが）、他のどの美術館を訪れた時にもまして存在感を得る。加えて、夜警が毎晩この壁を写真に収めておいてくれる。その後、重なり合い見つめ合う見知らぬ人影は綺麗に消されるのだが、その痕跡は日々来館者用ノートに残される。この本自体が立派な作品で、頼めば見せてもらえる。

　踊り場にある最初の部屋は、プラトンと例の洞窟の部屋だ。人口に膾炙したあの喩えを実際に影で見せるという手はいささか具合が悪いようだが、などと考えていると、思いがけないことに部屋に影はなくただ本が並んでいる。ここではかの神話化したエピソードが古今東西ありたけの国の言葉に翻訳されている。塔ならぬ洞窟を思わせるこの紙のバベルという発想は、ありがちのようでなかなかに味わい深い。いかなる翻訳も原文の影でしかあり得ず、忠実であろうとしながら原文を歪めてしまう。自由になっている壁に置かれたギリシア語版と仏語訳を突き合わせ、ひとつ確かめてみるとしよう。手に取ってみれば、仏語版は十九世紀ラルース辞典に記載されているものだ。「グラウコンよ、地下の洞窟を想像してみたまえ。日の光の射すほうに向かってぽっかりと口を開けた深い洞窟だ。奥底には人間が住んでいるのだが、彼らは物心つく前から足と首を鎖で繋がれて身動きが取れず、振り向くこともままならなければただ正面ばかり見ている。背後の、一寸向こうの高みから炎のあかりが射している。炎と囚人の間には一本の道があり、道沿いには低い壁が立っている。ちょうど香具師が自分の姿を隠して頭上から見物客に摩訶不思議を見せるのに使う衝立みたいなものさ。この壁に沿って、人々が何やらいろいろな物を掲げながら歩いてゆく。壁の上からは木や石で拵えた人形だの動物だのとさまざまな物が覗いている。言葉を交わしながら行く連中もいれば、無言で通り過ぎるのもいる。妙な光景だ、妙な囚人どもだ。そう思うだろう。どっこい！　彼らはわれわれなのさ。死ぬまで牢として頭を固定され、自分や仲間の姿形といえば洞窟の壁に映る影法師しか見たことがなく、背後を通り過ぎるものの火影ばかり眺めている。言葉を交わすことができたなら、壁面に踊る影を本物だと言い出すに違いない。ここが谺の響く囚獄だったなら、通り過ぎる人の話し声を眼のまえを横切る影の声と思うだろう。要するに囚人はものかげを実物と思うより他ないのだ……。」話の続きはこうだ。囚人は真理という名の太陽を見て目を眩まし、影の世界に戻るのに難儀する。もはやその目は影を拾えなくなっている。そうして、われわれには辿り着くことのできない善の領域へと飛翔する魂についてのプラトンの講釈が続く。

この美術館の絵図とでもいったものを描き進めるとしよう。二階には書斎があり、ランプの下には影をめぐる書物が数冊並んでいる。まずは谷崎の『陰翳礼讃』が目に付く。筆の赴くままに綴られたと思しきこの随筆は、照明の寄与、電燈の利を否定こそしないものの、内々ですべきものごとを済まし、ひとりしずかな思いに耽る、かつては人目を忍んでそういうことのできた陰が嘆かわしくも隅々から追い払われつつあると説く。それからヴィクトル・ストイキツァの『影の小史』にシャミッソーの『影をなくした男』。この小説を嚆矢とする影の歴史はその実、小史などに収まるものではない。『影のない女』〔作曲R・シュトラウス、台本ホーフマンスタールのオペラ〕の楽譜と台本、真昼の悪魔や中国の影絵芝居、ならびに幻灯機に関する書物あれこれ、セラファン〔フランスにおける影絵芝居の祖〕の戯曲目録、マイケル・バクサンドールの『陰影と啓蒙』、そして当然ながらゴンブリッチの『射影』。当然ながらと言うのもこの本に収められているのは、一九九三年に本美術館の開館記念に行われた依頼講演の内容なのだ。もっとも本書自体はそれから少ししてロンドンのナショナル・ギャラリーから出版された。チェコでは実現できない規模の展覧会の折に出た。ゴンブリッチの講演は、絵画作品のみに絞って『絵画の影』とでも題せそうなところを、ポントルモ、ホルバイン、ターナー、カラヴァッジョ、キリコといった面々だけでなく挿絵画家や写真家も引っ括め、そこに自身の《夕暮れのセルフポートレート》なる写真も収めている。ロンドンの往来だろうか、石畳に引き延ばされた人影がステッキとカメラと思しき物を持ち上げている。このカメラの存在が紋中紋というか、ひとつの目配せとなっているわけだ。

三階の踊り場には、嬉々とした子供たちが待っている。子供には鏡に映る自己を認識すると同時に、足元の影に気づく時分がある。ついこの間のようでいて、もう思い出せない昔のこと。だが彼らは今でも自分の影を踏もうと躍起になる。まるで自分の体が確かにそこにあるのを確かめんとするように。この頃になると両手を重ねて指を折り、おおかみ、ろば、かも、悪魔など、壁に影絵を作ることを学ぶ。芸術家の卵たちは、大人の後についてプリニウスと絵画の発明が一緒になった部屋に入ってゆく。事実プリニウスの『博物誌』にはこうある。コリントに一人の娘がいた（もっともこの話はエジプトの伝承である）。娘には思いを寄せる青年がいたが、この青年が遠方へ旅立つことになった。女は青年の姿を留めておこうと、壁に映る青年の影をなぞり、そこに他の者たちが色を付け、陶工の父が粘土を塗り込めた。という言い伝えのために、絵画と彫刻の起源はひとつになっている。いずれにせよ情愛と似姿、不在と偶像のストーリーに相違ない。プラハの美術館のこのプリニウスの部屋は、毎年異なる現代作家が手懸けており、今年はマルクス・レーツ〔スイスの現代美術家〕の年であった。三十年このかた実に多種多様な素材を用いて（それも複雑さと童心の両方を併せ持って）、イメージが生む錯覚と戯れつつ見る者の眼を欺いてきた作家である。一見すればやたらによじれた細枝や針金が、鏡に映ると人の横顔に見える仕掛けだとか、何でもない輪郭のようでいてやはり鏡面では人の顔になるアルミ製の可動式アサンブラージュ。他にも黒鉛で精巧に描かれたデッサンが展示されており、こちらも二重の物の見方が求められるような驚くべき作品であった。

　四階は天文学というか太陽系の階である。もっとも設備といえば遥か昔、ミカンと蝋燭で日没の仕組みを説明していた時分のそれと大差ない。あの頃はまだほうき星の尾を掴めると思っていたものだ。このプラネタリウム小屋の入口には香具師がいて時折講釈を垂れるが、遊星を前にすればそんな賑やかしも必要ない。星の動きは実際よりも速く、この装置だと十五分で一日が経つ。凹凸のある地球の裂け目や隆起にかかる影は当然のこと、日に一度、日ごと違った時刻に起こる皆既食も見所のひとつ。

ただしこの機械仕掛の天体よりも、ひとつ上の階の影絵芝居のほうが良い。ここには定期的にジャワの人形が招待され、中国の影絵が準座員として出入りしているらしい。セラファン劇場も抜かりなく揃っており、十八世紀末のパレ・ロワイヤルで喝采を博した演目の大半が収められている。『壊れた橋』、『海賊アルルカン』、『興行師』、『カッサンドラの鬘』、『黒い森の洞窟』といった寸劇が丸々残っており、幕間劇や変身物、魅惑的なタイトルが並ぶ。『オルフェウスの冥府下り』などはどんな作品か見当もつかないが、どこかで観たような気もする。他ならぬこのセラファン劇場についてアントナン・アルトーは言う。「理解するのに十分なだけの細部がある。詳らかにすれば詩も何も台無しにしかねない。」ここはひとつ彼の助言に従うとしよう。

この影の美術館にしても同じこと、みなまで言ってしまえばおしまいだが、それでもなお付言せねばならないことがある。ひっそり閑としたこの館に足を踏み入れ、胸さわぎを覚え、世の不思議を目の当たりにし、光学の規則や哲学をもってしてもなお解明しきれぬ己の姿と向き合いながら（そう考えればあの写真というものも、写実的な顔をしておきながら存外ひとを裏切るところがある）、毎年講堂で開かれているシンポジウムに居合わせたのである。天使は男か女かという話が亡霊の本性はいったい何なのかという話に変わり、では影と霊魂の関係は（知られるように、ボルヘス以降、神学は怪奇の一ジャンルとなっている）、影と反映の違いはと議論は白熱した。先立って上映された『プラーグの大学生』は忘れがたいもので、シャミッソーの小説を下敷きにした一九一三年の映画である（もっともこの珠玉のサイレント映画に登場する大学生は、哀れにも自己の姿そのものを失い、空っぽの鏡の前で戦いているのだった）。

シャミッソーの小説だが、やはりと言うべきか、初年度から取り上げられている。影をなくした男の物語（こういう筋の小説がもっと前から存在しなかったというのも不思議と言えば不思議だが、何事も時宜を得て生まれるものとしておこう）はここでは誰しもの耳元に囁かれることだろうし、不条理の天使のように妖しく堕天使のように不幸なペーター・シュレミールなる人物はこの館の守護天使にふさわしかろう。当然ながらこの小説にはありうべき解釈がわんさとなされてきた（とりわけ神の死説と去勢説が支配的であると言えよう）。さらに適切で検証できそうだと思わせたのは、ファウスト物語との類似と（ペーター・シュレミールは悪魔の化身に影を売った）、さまよえるユダヤ人との類似に関するものである（ペーターは影を取り戻すために魂を売ることを拒み、金貨の詰った巾着と引き換えに一歩で七里歩ける長靴を手にし、永久の流離人となる）。これに輪をかけてうなずけたのが主人公と作者の類縁関係を指摘したもので、シャミッソーはフランスで生まれたが革命期に一家で亡命を余儀なくされてからというもの、ふたつの祖国とふたつの言語、そして数多の経歴のなかで引き裂かれ、終にはペーターのように彼方へ旅立ち植物学者となる。ロマン派のマンドレイクか青い花でも探しに行ったのだろうか。登場人物が作家の射影となり、その行く末にまで影を投げかける。シャミッソー以降、この手の主題は数限りない作品を生んできた。

『影のない女』もシンポジウムの議題に上がったが、論集は刊行されていない。ただし五〇年代のプラハで録音されたレオニー・リザネク〔オーストリアのソプラノ歌手〕をはじめいくつかの楽曲の比較を中心としたものだったので、文字に起こしたところで音楽がなければ読めたものかどうか。とはいえ本オペラにおける影とエコーの関係を論じた発表などもあり、題名も興味を唆る。どんなものか読んでみたいものだ。しかしながら、シャミッソーからホーフマンスタールに至るまで、影の不在という主題ばかりを取り上げるのも考えものだろう。来年のシンポジウムの題は「亡霊の王国」というから楽しみだ。『オルフェウスの冥府下り』も上演予定と聞く。魔女キルケのもとを離れて死者の国をめざすオデュッセウスの黒い船もまた話題に上ることだろう。オケアノス河のほとりの献酒や、獣を生贄に捧げる意味に思いを巡らし、獣の血を飲みに来る死者たちの乱痴気騒ぎに耳を傾ければ、もはや亡霊の本性は何かと探しあぐねることもなかろう。古人たちはとっくにその答えを知っていたのだから。オデュッセウスはテイレシアスと、それからオイディプス、パイドラ〔フェードル〕とも言葉を交わしている。あらかじめ悲劇の目録に眼を通しておいたかのような顔ぶれだが、われわれもそんなオデュッセウスのように、ホメロスの言う陽の昇らない国とは演劇の話だけではないことが、そして、スポットライトの後方からはいつでも死者たちの声が彼らの来し方やわれわれの行く末を語りかけてくるということが、きっとまた分かることだろう。

壁に刻まれた道行く人びとの輪郭と、焼き付けられた物影、長崎の原爆がもたらした結果の中でもひときわ胸を刺すものである。もし私が今後影の美術館に何らかの影響力を及ぼすことがあれば、二十世紀の現実をかくも雄弁に物語るあの無言の影を展示してほしいと願うところだが。

猫のアカデミー

ローマにはエジプトの影が色濃く残り、エジプトの夢が引き延ばされたままの死出の旅の場所が点在する。そのなかにひとつ、死者たちが安らかに眠っているような墓地がある。こちらが背を向けた途端、死の舞踏でも踊り出しそうな骸どもの納められたカタコンベよりも穏やかに、どこかニュータウンのように侘しげな今日のネクロポリスよりもぐっすりと、眠っているような墓地がある。

感じのよい日陰の墓地で（ガイウス・ケスティウスのピラミッドの下にある）、イギリス人墓地とも呼ばれるのは、ここに眠るキーツとシェリーのためだろう。ここは相次いで似通った人生を送った二人の終着駅。自身の望んだ文言によれば、その名を水に記されたキーツと（「その名を水に書かれし者ここに眠る」）、波に呑まれる直前までキーツの詩を読んでいたシェリー。ヴィアレッジョの海岸で遺体が発見された時、彼の顔は変わり果てていたが、着衣から身元が判明した。懐には夭折した友人ジョンの詩集が入っていた。知られるように一年違いで骨を埋めた二人は、今日もイタリアの空の下で眠っている。

実を言えばここはイギリス人のものでもプロテスタントだけのものでもない。あらゆる非カトリック信者に無神論者まで埋葬されており、ゲーテの息子やグラムシの名もある。正教徒たちの墓には、純金のキリル文字で書かれた名が、亡命地に没した王たちの頭上に冠されている。彫像もあり、青年の体つきをした（尻の露わな）ラファエル前派の天使は、片翼ゆえに二つの世界のはざまで宙吊りになっている。そうかと思えば泣き崩れて跪き、両翼で墓石を包んでいるメランコリアの像もある。一八九五年、ローマで没したエメリン・ストーリーという女性の夫が建てたものだ。デューラーの版画に想を得たものだろうか、背後にあるピラミッドの尖端を視野に収めてこの立体像を見ると、遠近法がコラージュのように作用して、全体が三次元に立ち上がる。

この墓地の雰囲気の良さには、猫の存在も大きい。ピラミッドと墓地の間に、動物園で猛獣を遠くから眺めるためにあるような穴がぽっかりと口を開け、猫たちが住んでいる。といっても自然を模した岩があるわけではない。その代わり、ここには遺跡という人工物がある。

ラテン語の碑文の彫られた古い石は毀れて落書されており、猫が座ったり眠ったりしている。その後ろには壁があり、壁龕は垂れ下がる草にすっかり覆われている。こうして見るとなんだかサーカス小屋で休らう動物のようだ。小屋といっても屋根はない、鞭を撓らせる猛獣使いや調教に立ち会う神々と一緒に、嵐か何かで飛んでいってしまったのだろう。

　コリンナ・ビル〔二十世紀スイスの作家〕もこのサーカス場を見たことがあるのだろうか。彼女の「夢日記」を読むと、どうもそんな気がしてくる。以前ある席でちょうどこのイギリス人墓地とキーツと猫の話をしたら、後日「夢日記」の原稿が保管されているベルンから複写が送られてきた。私なりにその内容を記してみようと思うが、それにしてもこの話で夢を見ているのは、この話を語っているのは、キーツ、コリンナ・ビル、私、いったい誰なのだろう。生と死、昼と夜、眠りと想像がかくもひとつに溶け合っている。

　牧師の友人に会いに行くために、キーツが森を馬で駈けている（厳密には夢見の森を）。お察しの通り、程なく道に迷ってしまう。さもなくば話が続かない。そこで馬を木に繋ぎ、道を探して歩いていると、一条の光が射している。見れば地図にない廃墟がある。「アーチ、階段席、崩れた石、壁面、罅、茂み」などで雑然としたその廃墟は、古代のサーカス場やコロセウムのようでもある。

ひとけのないサーカス小屋をちらちらと照らす光に誘われるまま、キーツは柱のかげに身を寄せ、隙間から中の様子を窺う。まるで自身の夢を覗くように。「彼は目の前の光景に呆気にとられ、震え上がり、その場に立ち尽くしていました」とコリンナ・ビルは書いている。彼女自身キーツの夢に入り込み、彼の体験を後追いするような筆の運びである。

「数百匹の猫が半円形の客席を埋めつくしているではありませんか。猫たちはみな、スペインの闘牛場の観衆のようにおしあいへしあい、にゃおにゃお鳴いていました。すると小トランペットの音が鳴りひびきました。猫たちはぴたりと動きを止め、青白いまなざしが光と影のもつれている劇場の右手にいっせいに注がれました。それは長靴をはいた五十四匹の猫が掲げるたいまつのあかりでした。その後ろから、他の猫たちの行列がぞろぞろと続きました。どの猫もすてきな身なりをして、小姓や伝令官はトランペットを吹きならし、胸に勲章をぶら下げた猫や、猫の旗手まで出てきました。

行列がまあるい舞台を歩いてぐるりを囲むと、サーベルをたずさえ、頭にフェルト帽をかぶった四匹の白猫と四匹の黒猫が現れました。この八匹は他の猫たちと同じように二本の後ろあしで歩きながら、小さな棺をかついでいました。棺のうえには小さな金のかんむりが乗っていました。その後ろから猫たちが二匹ずつ、クッションを掲げながらついてゆきました。クッションには勲章が留めてあり、ダイヤモンドがたいまつの火と月あかりを浴びてちらちらと輝いていました。太鼓を叩く猫たちが行列の末尾を飾りました。」

キーツはいま、これは夢だと思っており、コリンナのほうはキーツを信じるふりをしている。より繊細で現実味のある何かが入り込むまぎわ、童話か悪夢か知らないが、死に近づいたことのある人なら誰しも身に覚えのあるほんの一瞬。近年の歴史を紐解けば、強制収容所の人々が、生還して恐怖を語るときを思い描いていた瞬間がそうだろう。キーツは馬上で微睡んでいたわけではない、現に目覚めているのだが、どうせ信じてもらえないと分かっている。「彼は誰かにこの話をすることなど決してできないでしょう。詩人のウソだと思われるに決まっているのですから。でも彼は詩人がウソつきではないことを知っていました。詩人とは証人なのです。こんなふうに一人で抱え込んでしまった秘密から自由になることも、近しい人たちと分かちあうこともできないのかと考えて、キーツはおかしくなってしまいました。孤独の棺台でした」。猫の王さまの棺のようでもあるが、彼には御供の行列はいない。

孤独なキーツはその場を離れると、なんとか森を抜け出し、牧師の友人の家に辿り着くが、食卓でも募る不安を隠すことができず、食事もろくに喉を通らない。不安のわけを知った牧師は、親愛なる詩人の言葉を信じると誓う、するとジョン・キーツは目を閉じて語り始める。「彼は行列や松明やトランペットや幟や太鼓を目にしたのです。猫の服装や帽子や長靴のことも事細かに語りました。四匹の白猫と四匹の黒猫が棺をかついでたんだ。その棺には金の王冠が乗っていたよ。彼がそう言い終えるやいなや、暖炉の前で眠っていた家の猫がクルッと立ち上がり、毛を逆立てて、人間の声で『たわけ、ワシが猫の王さまじゃ』と叫び、そのまま窓から飛び出してゆきました。」

窓から飛び出したワシは、キーツが迷いかけた森を抜け、普段は人間には見せニャイ儀式を奴が（こっそり）目撃したあのサーカス場に辿り着いた。コリンニャ・ビルはその後のいきさつをニャンにも知らニャイらしいので、物書きという柄でもニャイが、ここはひとつワシみずからわが治世を語るとしよう。わが治世というのはまあ、ワシがピラミッドの下の、魔法の宮殿めいたアカデミーで過ごしていた頃のことニャ。この古代遺跡は文学アカデミーで、めいめい主人の見よう見まねで文字を書くことを学んだ猫たちが集っておった。主人というのは、文体（彼らが「腕前《あし》」とか「特徴《つめ》」とか呼んでいるもの）を模索し栄光を求めることに一度しかニャイ人生を費やす哀れニャ人間たちのことニャ。栄光ニャんてのは所詮王様が冠にあしらう道化の鈴のようニャもので、後世の記憶に少しでもその名を響かせようとする虚栄の表れであることぐらい、彼らとて心得ておるのだがニャ。

ワシらの女王はビューティーというイギリス猫で、バルザックに悩み事を打ち明けておった〔バルザック「イギリス牝猫の恋の悩み」〕。見事ニャ白い毛並みをもって生まれた彼女は、そのおかげで溺死処分を免れたものの、今日ではかつての面影もニャく、その昔熱を上げた伊達猫のことも忘れかけておる。じゃが横柄ニャところだけは昔からちぃとも変わらんで、いつだか彼女の本に賛辞を贈ったら、「お若い猫、アナタには批評精神が足りニャイですわ」ニャんて返ってきたこともある。女王にはふたつ、感謝していることがある。ひとつは自惚れた学者どもについて、そして連中がワシらの種族に下した野蛮ニャ解釈について持つべき意見をはっきり述べてくれたこと。ふたつめはワシらの種族では長靴をはいた猫の家柄が一等高貴であると書いてくれたことニャ（イギリス猫にとってそれは重要ニャことである）。女王は長靴をはいた猫を「永遠の吹聴名人」と呼んでおった。吹聴とはつまり宣伝文句のことで、人間の信じやすさというものには限りがニャく、カラバ公爵〔ペロー「長靴をはいた猫」の主人公の猫は、自分の飼い主が裕福なカラバ公爵であると人々に信じ込ませる〕の領地よりもまだ広いということを女王は分かっておった。

この名家の評判は風に乗って広まり、誰もが尊敬の目を向ける。ムルという猫もこの家の血を引いておる〔ホフマン『牡猫ムルの人生観』〕、こやつがとびきり多産で才能のある猫で、誰もがこぞってこの猫の作品を語った。ピラミッドの下の、まるで偉人たちの魂を見守っているようニャ猫の集会にこの者の姿があったのは至極当然のことである。その証拠に、ホフマンという名で書かれた本には、この猫の額は象形文字で飾られていたとある。まるで哲学者のように広い額であったということだが、しかしまあ猫も杓子もヒトの姿形に引きつけて考えようとするところは、人間どもから借りてきた一種の癖であって、やつらはああいう奇癖を持っとるせいで恐ろしく偏狭ニャものの見方しかできんのだニャ。

詩人と猫の間には共犯関係があり、電撃のようニャ彼らの本性には多くの共通点がある。そう教えてくれたのはこのムルという猫である。詩人も猫もときに滑稽でときに胸を打つ虚栄心の持ち主、ダンディーな気取り屋かと思えば毛並にそって撫でてもらいたがる甘えんぼ、人間どもを罵りつつも彼らニャしでは生きられニャい。けれども極め付きは、どちらも片目を開けたまま眠ることができ、めざめとねむりのあわいで何時間でも待ち伏せていたかと思えば、ひとたび獲物が間合いに入ると稲妻のように飛びかかり、生かさず殺さず戯れるところかニャ。

ムルは（大声で本を音読する）主人の背後で、文字と発音を突き合わせニャがら読み方を覚えた。まるでシャンポリオンみたいニャ猫だが、このシャンポリオンという人は、その解読の才からして（彼は女王の名の中に猫を見出したのニャ〔ヒエログリフを解読したシャンポリオンはクレオパトラの名の中にライオンという文字を見出した〕）猫界のヒーローにニャれたはずである。

他方、ワシらの中でも一等変わった猫がいったいどうやって読み（書き）を覚えたのか、こればっかりはニャンとも言えん。そやつは日本の猫で、おそらくは海路はるばるオスティアまで来たのだが、その主人というのが四六時中胃病に苦しむ英語教師の作家ときた。獣のほうにも悩みはあって、彼の誇りである『吾輩は猫である』という本の訳者たちが、最初の一語からもう、巧妙極まる彼の意図を翻訳できニャいのである。この猫は一人称単数の代名詞《わがはい》におかしみを仕込んだと言っていたが、それは繊細に過ぎて西洋のどの言語にも表現できニャかったのだ。彼はそれから言語の説明を滔々とまくし立てたが、これは欠伸が出るほど退屈ニャ話だった。とはいえ、猫の足は（筆のようニャ毛が生えているので）横文字よりも書道に向いているということだけは、この猫と共に認めねばニャるまい。

　いつだったか、彼が仮名の仕組みの解説を始め、ワシがこっくりを始めた頃、不意にワシの主人シャルル＝アルベールの足音が聴こえてきてニャア。でっぷりしたスイス人で、トルコとポーランドの血を引く篤信のローマ・カトリック教徒だった〔シャルル＝アルベール・サングリア。二十世紀スイスの作家。著書に『野良猫日記』〕。夏場は頭にスカーフを巻き、競輪選手に扮したイスラムの宰相といった風貌で、冬場はいつもベレー帽を被り、こちらはややゆったりした聖職者のカロッタ〔カトリックの聖職者が被る半球型の帽子〕のようだった。ワシが『野良猫日記』で模倣しようとしたのはこの人である。とはいったものの、麗しい迷宮のように息の長い文章、彼自身の言葉を借りれば「何かを言おうとモゴモゴして」ぶつかりあう前置形容詞、文字通りバロックと言うべき比喩の数々、そして絶えず破綻すれすれの論理は彼を模倣不可能ニャ作家に仕立てあげており、ワシの手習いは捗るべくもニャかった。

しばらく前からお互い姿を見ニャかったが（当時の彼はスペイン広場の三十一番地に住んでいた）、散歩好きで方向感覚の優れた人だったのでワシを見つけることができたし、サン・ジョバンニ・イン・ラテラノ大聖堂にもよく通っていた。とまあ、そんニャこんニャで文学逍遥にも倦み、多くの者を狂わせてきた栄華という名の王政にも嫌気がさしたワシは王冠を置き、モノリスに記されたラテン語の文句をブツブツ呟いているシャルル＝アルベールのふくらはぎに体をこすりつけると、いとまも告げずにそこを去ったのニャ。

墓地の格子を越えるとき、ふと振り向くと猫の（まさしくイギリス猫の）ほほえみが宙に浮いていたようニャ気がしたが、あれはいつか読んだ本の思い出だったのかもしれんニャア〔キャロル『不思議の国のアリス』に登場するチェシャ猫は微笑みを残して姿を消す〕。

追記

（1）夢にも猫のようにさまざまの生がある。なかでも出色のものは口から耳、物書きから物書きへ伝わる。目覚めてなお胡蝶となった自身を思い出し、いやむしろ私は自身を荘子と思い込んでいる胡蝶なのではないかと自問する荘子の有名な夢。桃源郷の異名を取る上都《ザナドゥ》にあるクーブラ・カーンの宮殿まで一瞬で飛んでゆき、夢中に三百行の詩を詠んだという手応えと共に目覚めると、断片的にではあれその詩を現実に掬い上げてみせたコウルリッジの夢（オーソン・ウェルズは『市民ケーン』でこの詩を想起している）。これだけでも奇天烈な内容だが、話はそこで終わらない。というのも、コウルリッジには知る由もなかったが、そもそもクーブラ・カーンという人もまた、自身が夢に見た宮殿をそのまま造らせたというのである。夜と大陸と建築と詩を股に掛け、ただひとつの同じイメージを追い求めた者たちの物語。それを数行で語ってみせたのは、ご存知ボルヘスである。

「十三世紀のモンゴルの皇帝が、夢に見た宮殿を夢に見たままに建てさせる。十八世紀のイギリスの詩人が、夢の産物とも知らずにこの宮殿の詩を夢に見る。微睡む人々の魂に働きかけ、大陸も世紀も飛び越えるこうした符合に照らしてみれば、やれ人が宙に浮いただの死者が甦っただのお化けが出ただのといった宗教の本に書かれている話など、私に言わせれば屁のようなものだ。」

ここでひとつ付言しておくと、コリンナ・ビルが「日記」で語っているキーツの夢は、ジャン・コクトーの『知られざる者の日記』にそっくりそのまま読まれる。しかし夢とはそれを物語る人のもの、少なくとも物語の時間はその語り手が握っている以上、この夢はやはり『テオダ』と『ヴィーナスの木靴』〔共にコリンナ・ビルの著作〕の作者のものに違いない。その証拠に彼女は、前置きとして書かれた以下の数行を引き忘れている。

「キーツが語った猫の話は、私の知る限り、いまだかつて物の本に書かれたためしがない。この話は口承という旅路のなかで撓んできたものであり、さまざまな異説が存在するが、どれも雰囲気は同じである。かくも微妙な雰囲気の話であればこそ、せっかちな筆で書き留めるより、口頭の語りとそれが生む間のほうに馴染みやすいのではなかろうか。」

あらゆるトリックを平然と駆使し魔術師たろうとしたコクトー、謎は解かれるよりも深まることとなった。

（2）予期せぬ形で話が上手いことジャン・コクトーに着地した。元はと言えば、充実した資料を誇るベルンの文学館から、米作家スティーヴン・V・ベネット（一八九八—一九四三）の「猫の王さま」という短篇が送られてきて、そこに他書からの引用としてこんな一節があった。

「ウォルター・スコットがワシントン・アーヴィングに、シャルル・ノディエがジェラール・ド・ネルヴァルに語ったこの有名な話にはスカンディナヴィア版も存在する。形こそ違えどどの国の民間伝承にもある話なのだ（……）。ある旅人が、廃修道院で猫の行列に出くわしたという。見れば猫たちは王冠の乗った小さな棺を引いている。旅人は震え上がって逃げ出した。街に着くと、その奇妙な光景を友人に語らずにはいられなかった。彼が話し終えるやいなや、火のそばですやすや眠っていた友人の猫が飛び上がって叫んだ。『今日からワシが猫の王さまじゃ！』猫は目にもとまらぬ速さで暖炉の中に姿を消した。」

コクトー版の話ではキーツの存在が他にない詩的な雰囲気を醸し出していたが、ネルヴァルとノディエの名がもつ喚起力もこれに勝るとも劣らない。

セイレーンとマネキン

本というものは丁重に扱い、ひそやかに話しかけねばならぬもの。頁というのはそっと開き、ひとのからだをなぜるように捲らねばならぬもの。かといって本が投げかける問いにつぶさに答える義理はない。そもそもほとんどの問いに答えなどないのだ。エドガー・ポーが「モルグ街の殺人」で取り上げた問いもその例に漏れない。彼は本作のエピグラフにトマス・ブラウン〔十七世紀イングランドの作家〕の言葉を選んでいる。「セイレーンたちが歌っていたのは何の歌か。アキレウスは女たちの間に身を隠していたとき何と名乗っていたか――なるほど返答に窮する問いではあるが、とはいえまるで推測できないわけでもない。」セイレーンの歌に関しては、これはかつてティベリウス皇帝が人文学者たちに問うたものであったと付言しておかねばならないが、この人は答えを聞く前に死んだ。

回答は別なところからも寄せられたが、こちらは随分後になってからのことだった。文学の歴史とは谺や水切り遊びのようなもの。時は十九世紀、回答者はジュゼッペ・トマージ・ディ・ランペドゥーザという、ただ一冊の本によって名を得たシチリアの作家である（もっともそれは没後のことで、生前の彼が得たのはふたつの出版社からの断り状のみ、二通とも署名はエリオ・ヴィットリーニ〔二十世紀イタリアの作家。ランペドゥーザが『山猫』の原稿を送った大手出版社二社の編集顧問〕とあった）。知られるように、ランペドゥーザは遅咲きの作家で、『山猫』の他にさしたるものを残していない。幼年の回想録と短篇三本、内「リゲーア」と題された一篇はフランス語では「教授とセイレーン」となった。

冥府《ハデス》のように煙たい喫茶店で、語り手の男はギリシア語を修めた博学な老文献学者に出会う。これが世の快楽全般、分けても労苦と汗の臭いのする愛の交わりには軽蔑と嫌悪しか覚えないという口喧しい翁である。曰く、縺れ合う身体と身体もいつかは屍の山と化し、シーツは悪臭芬芬たる屍衣、愛の戯れなどというものは、死すべき者どもが時に寝つきの悪い死の床に辿り着くまでの暇潰しにと思いついた下品な発明に他ならない。そんな翁が強烈にして精神的な快楽の絶頂を知ったのは、試験の準備中に海辺をそぞろ歩きしていた時のことである。海から一人の被造物《おんな》があらわれた。丸みを帯びた下腹部と臀から下が鱗に覆われているのが見えたとき、不滅にして動物である女の二重の本性が露わになった。老人はこのセイレーンの芳しい肢体と薄絹越しに聴こえるような嗄声を忘れることなく、その後は肉の交わりの一切を絶ち、セイレーンの歌などというものは存在しないと断ずるに至る。身持ちの悪い青年にいつしか愛しみを覚えた老人は、何人も逃れられない音楽とは、何のことはない、あれはセイレーンの声音なのだと打ち明ける。

その昔、ティベリウスとトマス・ブラウン（のみならず、本に書き残さなかった者たちもいるだろう）が投げかけた問いへのランペドゥーザの回答は、まことしやかで期待外れなものだ。彼の言うセイレーンとは、オデュッセウスが耳を塞ぎ、船の帆柱に縛られてその魅惑に抗おうとしたセイレーンたちとは（その名を除けば）何の関係もないのだから。

古代と共に息絶えたか、あるいは今も変わらぬ姿でいる他の空想《キメラ》どもと違い、セイレーンたちは生き続けた、つまり変身し続けた。鳥女から人魚となったのである。かくも大胆な変わり身をいつ遂げたかは誰にも分からない。典拠によっては元の姿を失ったのはとうの昔のことで、笛と竪琴の腕に覚えのあるセイレーンはムーサに音楽の勝負を挑むも敗れ、その結果羽を毟られたという。いやギリシアからローマに渡った時分に素性が変わったのだとする説もあり、こちらはキリスト教の出現に伴う変化とも言えそうだ。最後に民俗学者に言わせれば、今日的な意味でのセイレーンは実のところメリュジーヌ〔中世フランスの民話に登場する蛇女〕と共に生まれたらしい。

かつては乙女だったのだろうか。セイレーンたちをペルセポネの御供にしたオウィディウスはそう主張している。だが別な物語もある。愛の悦びを軽んじた罰としてアフロディテに姿を変えられたというもので、こちらのほうが明快だと思う。ともかく確かなことは、姿形はどうあれ、セイレーンの腹はつねになめらかであり、愛情を知り貞淑であり続けているからこそ、みな彼女の溜息を歌声だと思い込んだのだろう。情欲とそれを怖れる心をない交ぜに漏らす女たちの吐息は、恍惚と痛苦を見分けるだけの想像力を持たない男たちにとっては非の打ちどころなき罠なのだ。

ホメロスの場合、アフロディテがこの頑なな生娘たちに課した罰が念頭にあったのだろう。セイレーンが初めて現れる『オデュッセイア』では地獄の女ということになっている。虜にした男たちと愛の抱擁を交わすのではなく、その体を貪り喰らい、人骨で白んだ草原に棲んでいる。という伝統に着想を得たのがシェイクスピアで、一一九番のソネットの冒頭二行は見事なものだ。

What potions have I drunk of Siren tears,

Distill'd from limbecks foul as hell within,
〔私はえらい妙薬を飲んでしまったものだ
地獄のように汚れた蒸留器から滴るセイレーンの涙さ〕

ひとつこんなフランス語に移せるか。

J'ai bu les larmes de la sirène, une potion amère
Distillée par des alambics aussi noirs que l'enfer.
〔私はセイレーンの涙を飲んだ
地獄のように黒い蒸留器から滴る苦い妙薬さ〕

この架空の生物は、人魚に姿を変えてからというものいくらか大人しくはなったが、やはり愛には縁なき身のままで、下半身には変わらず不気味なものを引きずっている。不気味だがそこに魅惑もあり、心が安らぐとまで言う者もある。

人でもなければ魚でもない、マネキンとはセイレーンの最後の変身の姿である。光を通しては突っぱねるショーウィンドウのふたつの水域のあわいを漂いながら、どうしてこんな街中にいるのかしらという面持ちのまま、移り気な流行のしもべと化した彼女たち。人間の姿に変えられているのは、その劫罰もようやく終わりを迎えたということなのか。だがこれで千代の思春期も卒業だ。頭や脚や腕を欠いたのもちらほらいて、こうなるともう仕立屋のトルソーである。鮮明な夢想をこよなく愛したロジェ・カイヨワは、ある日往来でトルソーに出くわし、理性のもとにあるこんな白昼夢を見た。「そのマネキンはのっぺりとなめらかで、骨張るでもなければふくよかでもない、世の女にはまず見当たらないおよそ中性的なトルソーであったが、それはまた妊娠と授乳から解放された至純至精の女性の雛型《モデル》でもあり、しなやかにのがれゆく姿態たるや、肩付きは海驢《あしか》、腰付きは鼬《いたち》そのものであった。この抽象的な人型は、人格も機能も持たないただの勾配である。首は取り去られ、体は悦びと受胎のための器官の真上でぷっつり切れている。羞じらいつつもその気はある、彫像でも人形でもない、ショーウィンドウの煌びやかな照明を浴びるために作られた見せかけでもない。このマネキンは、あるしがない女のための道具に過ぎない。その女はきっと羞恥にかられ、裾をしつけて直立させたら、こんなものさっさと物置に仕舞わなければと思っている。」

私はこれよりも肢体の揃ったマネキンのほうが、首も手足もある人型のほうが、要はもう少し艶っぽいものが好いのだが、細部のこだわりが過ぎると服を脱いだ時にどうも困ったことなる。というのも、瑕ひとつない彼女たちの肢体は股座までつるつるなのだから。陸に揚がって女らしさを取り戻していったセイレーンたちは、残る一箇所を返してもらおうとアフロディテの最後の赦しを待ち望んでいるようだ。

洋上の瓶

バルセロナで悪夢をふたつ見たことがある。ひとつの舞台は造船所跡で、今日では海洋博物館になっている。とはいえ俄に場所を特定できたわけではない。わるい夢とは、手掛かりとなるものを綺麗さっぱり消し去って、ただ墓石のようにのしかかる孤独感ばかりを残すもの。ややあってその重みが緩めばようやく、さっきまで影法師でしかなかった人々や舞台にひとつ名を与えようという気にもなる。そうして、まあ時には当てが外れることもあるが、昨晩のあれは日中のあそこだったのかなどと思い当たる。

空想の牢獄やピラネージ〔十八世紀イタリアの版画家。牢獄や迷宮を描く〕の名が蓋をしていたようで、それらが念頭から去ると、かくして件の海洋博物館が浮上してきたという次第である。犯罪者は犯行現場に戻るというので（遺体は夢の波に攫われ、二度と戻ってこないが）、私は造船所を再訪した。教会の身廊を思わせるゴシック建築では身を傾いだ船首像たちが迎えてくれる。万が一ここで地面が割れでもしないかぎり、もう風に叩かれることも嵐に打たれることもない船首像たちである。階段やインクライン、タラップや鏡のひしめく迷宮を再び歩き回ってみると、乾き切った幾艘の船が、来訪者の頭のなかで、今はただ波の記憶のうえに揺れて立つ。

水上の揺籃から埋葬船まで、さまざまな寸法の小船に再会した。いずれも数多の男たちが縄を結び帆を繕い、命運を賭した船である。どこからともなく落ちてきた胡桃の殻もあれば、水上歩行用の草鞋もあり、黄金虫の腹のように艶のあるニスを塗った滑らかな船端のフリゲート艦もあり、カラベル船の模型もあり、実物大の漁船もある。ガラス越しに再会したのは、ちょうど小説の挿絵にあるような、青いビロードの波頭でぐらつき今にも海の藻屑と消えそうな三本マストの帆船。作り物の船荷や、完璧に縛られた荷物、空っぽの樽にも再会した。船が壊れれば一巻の終わり、べた凪につかまれば地獄、そんな海辺の墓地を彩る舞台道具たちである。古地図にも再会した。大陸が描かれているのもあるが、どれもみな宝島の地図であることに変わりない。CG映像などもあり、どうやら記憶ごと遭難したらしい水兵たちがリハビリを受けてぎこちない足取りで歩行していた。豪華客船の甲板でマネキンの女が手すりに肘をついて立っていた。女は時の流れを知らず、まして世の移ろいやモードの変化など知る由もなくそこに立っていた。帽子を被っていたが、それより薄闇に守られていた。その薄闇のせいで遠くの灯りがひときわ鮮やかに見えていた。熱帯地方の緑色の光のなか、時は気怠く雲は緩慢に流れてゆく。あの船影は移民船だろうか。薄汚れた舷窓の向こうに紙人形たちが見える写真もある。

　この世界に足を踏み入れたのは従ってこれが二度目、いや三度目のことになる。中央には巨大なガレー船が、まるで収穫が運ばれて来るのを待つ女王蜂のようにどっかと鎮座している。悪夢の原因となる漕手たちと共に、レパントの海戦から無傷で帰還したドン・ファン・デ・アウストリア〔十六世紀スペインの軍人。一五七一年レパントの海戦でトルコ艦隊を撃破〕の軍艦である。あるいはここで修理されたものかもしれない。もはや無用の舵と共に船は船渠で永遠に眠っている。舵は偃月刀の形をしており、これで寄せ波を薙ぎ払おうというわけだが、海原はヒュドラ〔ギリシア神話に登場する水蛇。無限に再生する九本の首を持つ〕に輪を掛けて貪婪なもの、首が再生するごとく波浪は消えたそばから起き上がる。船舶のぐるりを歩いてみると、正面は巨大な昆虫の眼が光り、横から見れば百足、見下ろせば鯨骨に変身する。まるで水上サロンとも青空牢獄とも呼べそうなその佇まいには、清濁の同船する浮世の矛盾がよく表れている。来訪者は博物館の部屋同士をいわば通底器として無限小から無限大に至るわけだが、これもまたこの世の矛盾といえば矛盾であろう。

　いやむしろ、無限大から無限小に至るのかもしれない。ここに三本の透明な硝子瓶がある。

象牙の模型船（これが五十門もの大砲を搭載した船で、おまけに背景には港と村が広がっている）がこの細首のような口から瓶の中に入る様子を三段階に分けて見られるようになっている。産み出されるのと反対に産み入れられてゆく船の部品は、そのひとつひとつが紐付けされている。最後には切り離される臍の緒のようなものだ。だが博物館では手術の終わりは見られない。いつの日かこの死せる世界が甦りでもしないかぎり、その紐を断ち切る手は永遠に見られまい。まだ水晶硝子の天穹に星々が貼り付いていた頃、洋上の瓶のごとく透き徹った空の下で糸を操っていた神さまの手のように。

折しも私はジョゼフ・コンラッドの『チャンス』という小説を読んでいた。露店古本屋で見かけて求めたものだった。コンラッドの小説はいつも旅先で重宝するし、海洋小説の世界にまた飛び込んでみたくもあった。アンソニー船長の冒険や（コンラッドは事あるごとに彼を「詩人の息子」と呼び慣らすが、この意図的な反復は果たしてホメロス的形容〔ホメロスが登場人物を特徴づけるために繰り返し用いた形容のこと〕なのか、くだくだしい枕言に過ぎないのか）、一生の大半を地上で過ごす陸者と、仮借なき海の掟と背けば海原に穴を掘る〔死ぬの意〕ことになる船上の厳命に従う海者の対立もさることながら、もうひとつ、コンラッドのある文章が頭に残っている。思い出せる範囲で書き替えてみる他ないが、星々の瞬きは魂なきこの世の卑小さを残酷なまでに照らし出す、といったようなものだった。

だが人は神を信じずとも船のロープをしかと結ぶことができるし、世界を甦らす文章を書くこともできる。

コンラッドの未発表小説

旅先ではよくコンラッドを読んだ。クラクフでは『放浪者』、バルセロナでは『チャンス』、チュニスでは『ロード・ジム』。

根っからの旅人にとっても平生あまり外出しない人にとっても、異郷にいるとただそれだけで暇ができ、何ものにも邪魔されず何時間でも読書に耽るための条件が整う。本の頁を繰るにつれ、天体の運行や潮の満ち干のごとく永遠に続くと思えるような第二の人生に没入していられる。しかしながら、この申し分ない比喩ともうひとつ戯れて言ってみるなら、まるで波を堰き止めるようにして本を読み止したことが一度だけあった。

いつになく眠れぬ夜に感謝しつつ、オスマン建築の家のテラスで『ロード・ジム』を読んでいた時のことである。チュニスの空をふと見上げると（鶏鳴とムアッジン〔モスクでの礼拝時刻を告げる人〕の声が鎬を削っていた）そこにはいまだ太陽のような光を滲ませる月があった。極暑の頃であった。ふと本に目を落とすと、テラスを戸外の居間に様変わりさせるフロアランプの光輪のなか、そこにはコンラッドが物語る東洋の月があった。肉体を離れた魂、墓から立ちのぼる霊魂。といった具合の、まあ陳腐とは言わないが正攻法の比喩で調子を取り、話の流れを準備しておいてから、コンラッドはこう続ける。月と太陽の関係は谺と音の関係に等しい。目に見えないその二本の弦がぴんと張り詰めて共振すると、心は充たされ、世界が宙吊りにされた。われわれが世界の中にいると同時に世界がわれわれの中にある、そういう瞬間には決まってこういう様になる。この二重のアナロジーは差異を際立たせるものである以上、私の充足感は逆説めいていたが、目と耳の双方を通じて、中国の詩学はシェイクスピア演劇の理解を促すという印象を受けたのだった。

　シェイクスピア演劇とはつまり、この世という舞台のことだ。ロード・ジムはその舞台上を、漂船の渡り板を進むがごとく、港から港へ己の孤独と悲しみを連れ歩いた男である。人はこの世にいることをただ黙認されているだけの身であり、誰もみな名誉ある出口を探しているということを忘れられぬまま。というのはマーロウ〔『ロード・ジム』の語り手〕が語る物語の受け売りである。それは「この世のように古い」汽船の一等航海士〔『ロード・ジム』の主人公ジム〕の物語で、彼は、大破した船が八百人の巡礼と積荷もろとも沈没すると思った瞬間に臆病風を吹かし、紛う方なく一切の誇りを失い、人々の裁きを受けることとなった。

　思い返せば、裁判を終えた後、ジムは巨躯を引き摺って東洋の港という港を転々とした。荷物よりもずしりと重たいものを胸に抱えたまま、新たな理想郷《アルカディア》発見の望みも捨てての逃避行は結局、彼にとっての理想郷となったマレーのジャングルで殺されて幕を閉じることになる。持ち物らしい持ち物のない男だったが、パトゥザンに向かう際、彼が旅行鞄の中身をマーロウに借りたブリキのトランクに移していると、三冊の本が語り手の目に留まる。「くすんだ表紙の小型本が二冊に、緑と金の分厚い本が一冊――半クラウンのシェイクスピア全集」。

　この緑と金のお守り、『テンペスト』を収めたその携帯図書館は、作中二度と登場することはない。あたかも大海原の真ん中に浮かぶ小群島のように五百頁の中程に埋もれ、さらりと触れられているだけだが、一度気づいたら忘れない細部ではある。そもそもシェイクスピアほど声の大きな舞台要員《プロンプター》の存在を読者が忘れるはずもなく、コンラッドも秘密を漏らすにやぶさかでない。ずばり『ロード・ジム』は小説版『テンペスト』なのだ。本小説の発想の自由度と豊富さはかの戯曲に比肩する。大したものである。ジムは王にも魔術師にも生涯縁のなかったプロスペローだ。希望も権力も持たず、キャリバン〔『テンペスト』に登場する怪物〕に負ける前に己に負けているジム、彼は信仰も道義もなき世の敗れた主人公なのだ。

コンラッドは私のなかで存在感を増しつつある。そして私の本棚のなかでも。というのもここには、彼が温めていたが終に書かなかった小説と、彼が温めていたわけではないが書けたかもしれない小説までもが収められている。

前者の小説については、次のような情景の書き出しが知られるばかりである。雪のなかで衛兵が一人、煌々と輝く宮殿の番をしている。というただこれだけの情景だが、夢想家には事足りる。なんならその宮殿内にマーロウのシルエットを思い描いてみるもいい。彼はいま気の置けない者たちに囲まれ、低く優しげな声で、心の広い声で、こんな話をしている。

「一七八七年、イギリス政府はパンノキをはじめとする南海の有用植物をアメリカに持ち込むことを決定したんだ。その年の八月には海軍大尉ウィリアム・ブライが、総トン数四十五トン、六ミリ砲四門搭載のブラウス号〔この話は十八世紀末に起きた「バウンティ号の反乱」の顛末をほぼ正確になぞったもの〕の司令官に任命された。乗組員は船長を入れて四十六名。十二月にイギリスを発った船は、十月二十六日に目的地のタヒチに到着した。

ブライはこの島で半年を過ごし、必要な植物を首尾よく採取し終えると、四月四日に出航した。船員はみな体調万全、食料も水も豊富に積んだ船で、ブライはイギリス海軍の厳格な規律に則って職務を遂行していたよ。

粗暴な野心家だったブライと他の将校たちの間には、とくに彼と航海士クリスチャンの間には、イギリスを発った時からすでに軋轢が生じていてね。彼らの関係はタヒチ島滞在中に悪化していった。というのも、度を超えて口煩いこの司令官の性格の裏側には、クリスチャンに対する一種の嫉妬心が隠れていたのさ。他方クリスチャンはタヒチの若い娘にぞっこんで、娘のために幾度となく宴を開き、しょっちゅう贈り物をした。しまいには司令官に無心しなけりゃならなくなった。

ブライは他の将校や船員の前でクリスチャンに向かって借金額をくどくど言い続けた。それだけでなく他にもいろんな侮辱を受けたクリスチャンは、恋煩いも相まってしょげこんじまったのさ。

そんなこんなで一七八九年四月二十八日、美しい夜半のこと、クリスチャンは——この見聞録の著者の言葉を借りれば——『心を苛む苦しみをひとつまたひとつと思い流していった』。無言で思い詰めるうちに気持ちが高ぶって、自身の境遇を悲観するあまり未来を真っ黒に塗り潰しちまったんだろうね、彼は帰郷の望みも振り捨てて、どこか居心地の良い島を探すべく——それがどんなに危険な計画だとしても——筏で逃亡する腹を決めたんだ。

クリスチャンには計画を実行する準備ができていたけれど、ある若い将校がこれに待ったをかけて、一番手っ取り早く効果的なのは反乱を起こすことではないかと唆したのさ。

どんな調子の物語かお分かりだろう。じゃあ簡潔にいこうか。秘密裏に仕組まれたその陰謀は実行に移され、十八人の船員と司令官は全長二十二フィートの小艇に押し込まれて海に放り出された。だけどその小艇は運が良かったんだ、なぜなら乗組員はみんな自己犠牲を厭わない者たちで、ブライは航海術に長けるばかりか勇敢さも持ち合わせていたんだから。計四十八日、一二〇六海里の船旅の果てに、彼らは一人も欠けることなくティモール島に辿り着いたのさ。

反乱者たちのほうはタヒチに引き返していた。島に上陸すると、土地の男たち女たちを船に招待して酒を飲ませ、夜のうちに錨を揚げてそのまま連れ去っっちまったんだ。船員はそれぞれタヒチの女二人と女奴隷一人を分け前にもらった。船旅が続くにつれ、反乱者たちは二つに分裂していった。多数派の連中は、クリスチャンと彼の仲間五人を人の住んでいる島に無理やり寄港させた。新たな収穫が欲しかったんだな。反徒たちは島に降り立ったが、彼らが下船するやいなやクリスチャンは五人の仲間と三十人の女と武器を持たない二十人の島民と共に航海を続けた。反乱者たちはといえば、その島の別な入り江にたまさか錨泊していたもっと巨きな戦艦の乗組員たちに捕まった挙句、めでたく蜂の巣にされたということだ。あるところまでブラウス号を追跡したものの、あんまり離されてたから結局逃げられたのさ。クリスチャンは絶海の諸島に辿り着き、緑溢れる無人島を見つけた。そこに乗組員をみんな降ろした。船に載せてきた豚や牛が何よりの財産となり、植民商館を建てて要塞化させたりだとか、万事が自分の指示通り順調に運ぶと、しまいに船を焼き捨てた。これで仲間が逃げる気を起こすことも外敵に見つかる心配も綺麗になくなったというわけだ。

そこから先は万人の万人に対する闘争の物語のはじまりさ。最終的に、一隻のコルベット艦が見つけたのはアダムズという名の水夫一名だけだった。この水夫はね、侍らせていた女たちの力を借りて仲間を皆殺しにし、馬鹿でかい斧を手にたった一人で最後まで戦い抜いたんだ。そうしてアダムズは族長となり、家畜や女子供に囲まれて暮らした。彼は信仰に目覚めてもいた。コルベット艦が水を補給するために偶然この島に立ち寄ると、そこには教会があり、清教徒の身なりをしたハイカラーの女たちがイギリスの賛美歌を歌っていた。かくしてこの島は英国領となり、血塗られた手の族長水夫は総督に抜擢されたんだとさ。」

という話の締め括りに語り手が述べるところによれば、この見聞録には海軍省の資料に準拠した点が多くあり、ヴァイキングの年代記とほぼ一字一句違わぬくだりもあるという。語り手はむろんマーロウではない、コンラッドはこんな話を耳にしたこともないからだ。これはカール・ヤーコプ・ブルクハルトがホーフマンスタールに宛てた書簡に読まれる話で、ブルクハルトはその出典まで忘れずに記している。なんでも偶然手にした南の島の奇譚集にあった話らしい。『地球の記述』と題されたその本は、全十二巻からなる書物のうちの一巻で、食うに困ったある老翁からまとめて買い取ったものだという。この夢の続きが見たければ、その本を求めたのがマーロウだったらと考えてみればよい。先刻の煌々と輝く宮殿にいる彼のもとに、老人が十二巻本を譲りにやって来る。逢魔が時、まるで小説の登場人物の明暗を分かつ道具立てのように。あとはコンラッドが終わりから書き起こしてくれることだろう。最初の人間のように清らかで、最後の人間のように穢れた水夫アダムズの冒険譚を。

無名の有名人

『南エチオピア』は三方金の施された赤い大型本である。かつてフランスでは賢才向けにこういう本が売られていた。こういった高価な本は必ずしも中身を読むものではないが、装画を眺めるだけでも人は夢想に耽り、時には自分がこの世に生まれた意味を知ることもあった。もしジュール・ボレリのこの著作に出会っていたら、あなたは探検家にも、アフリカ学者にも、民族誌学者にも、動物学者にも、書店員にも、言語学者にも、果ては猛獣狩りにだってなれたかもしれない。表紙に描かれたサバンナと鼻で人を抱える象、そしてその脇を駈けてゆく悍馬がそう言っている。

まだランボーが生きていた一八九〇年、「古代書房カンタン」から出版されたこの本は、一八八五年九月から一八八八年十一月にかけてアムハラ人やオロモ人やシダモ人〔エチオピアの民族〕の土地を訪ねた著者による旅日誌の体裁を取っている。ただし本書の醍醐味は、種々の逸話や艱難辛苦、危険極まる闇取引や裏取引をめぐる一連の記述よりも、そうした物語を彩る図版や記録や図表といった資料の豊富さにある。頁を捲れば地図や風景や人々の版画が目に入る（みな写真を基にしたものだが）。むろん動植物や日用品などの絵もある。燈台草の茎や象の耳が王女の首飾りや正真正銘の美術品である帽子に劣らず刮目に値するのは、安物の異国趣味など寄せつけない著者の詳述意欲と民族誌学的関心のためだ。その証拠に巻末には学術記録一覧表に加え、さまざまな地域の人口とオモ川流域に関する補遺、さらには三種類の地方言語（クーロ、タンバロ、ハディア）の語彙集と、トロカデロ宮殿に収められた現地の物品の長大な目録が付されている。

しかしながら、このジュール・ボレリの本はエチオピア研究の門外では忘れ去られていたかもしれない。もしこの本の二〇〇頁の下に、われわれが普段「氏」をつけて呼ぶことのないある人名がひょっこり顔を出さなかったならば。

一八八七年二月九日、アンコベールにて、ジュール・ボレリはこう記している。「六時発。九時着。タジュラーから隊商と共に仏商人ランボー氏到着。道中辟易した模様。毎度のことながら周りはみな粗暴で強欲な裏切り者、アダル人は小煩く奸計に長け、水は無く、駱駝引きにはぼられる始末……。

われらが同郷人はかつてハラルに住んでいた。アラビア語、アムハラ語、オロモ語に通じる。体力もある。語学堪能、不屈の精神と何事にも動じない忍耐力を持ち、旅人として申し分ない。」

四月三十日、エントットにて、ボレリは夜が明けたら「ランボー氏と共に」出発することを決意したと記している。五月二日、六時間歩き続けてアビチュ人の土地に到着するも、この「約束の地」にて飢餓に苦しむ人々の姿を目の当たりにする。さらに嘆かわしいことに、「この日の夜、四人が離脱。前途洋々哉！　道中また一人蒸発。これにはランボー氏もうんざり。」

何事にも動じない忍耐力というのは、中学校の長椅子で詩を書き、カルティエ・ラタンの詩人たちと交友していた時分のランボーの長所であったとは言えないが、それはさておき、彼が数カ国語を操るタフな健脚家であったという述懐には別段驚くべきものはない。とはいえこの記述は、ランボーが図らずも伝説に違わぬ人物であった証左であり、そこが面白い。時代も異なれば互いに何の接点もない証人たちが描き出した二つの人物像がぴたりと合致するという点で、ジュール・ボレリの証言は極めて印象深いものである。鏡に映っているのは架空の人物だとばかり思っていたらその裏に生身の当人が立っていたような、出番を終えた役者のくつろぐ楽屋にさっきまで舞台上にいた王様がいるのを見たような、そういう感じがする。

ランボーはスワンの対極である。スワンの変わり身の早さたるや、フォーブール・サン＝ジェルマンのサロンで見る彼にもはやコンブレー時代の面影はない。自身を包むオーラから解き放たれ、芸術の威光にも虚妄にも背を向けたランボーは、それでもなお変わらぬランボーだったのであり、彼の為し得た文学的冒険なぞつゆ知らぬジュール・ボレリのおかげで、われわれは作品のみならず現実によって担保された一人の人間の真実に指で触れる思いがする。これと同じように、歌曲集など聴いたこともなかった誰かの語る学校教師としてのシューベルトや、マックス・ブロート〔カフカの友人。カフカの死後遺言に反して遺稿を刊行〕の腹の内など知る由もなかった誰かの語る保険局員としてのカフカの姿を思い描いてみようか。知られざる肖像にこそより上等な真理が宿るなどと言うつもりはない。でもその肖像たちからは、後世の手によって奇蹟の冷水に頭から漬けられる前の、まだ人肌の残る肉体がきっと感じられるはずだ。

日傘と杖

日傘は万人の物、杖は男性だけの物。キリスト教のエチオピアでは、この二つのアクセサリーは男女の偏りこそあれ至るところで目にする。いずれも天体の運行を占うため、遠歩きのため、家畜の番のため、祈祷や読書、さらには出産に際しても用いられるようである。日傘も杖も持たないエチオピア人は両腕をだらりと垂らし、両腕をだらりと垂らしたまま、夜の帳が降りるのをただただ待っている。あるいは来るべき死を。死はわれわれを最後の変態を遂げた昆虫のように完全な存在に変えてくれるだろう。だがそのときわれわれは完全に無為な存在、つまりは完全に無益な存在となるのだろう。

日傘も杖も重力と労役を消してはくれないが、いずれも綱渡りの持つ長い棒と同じ役目がある。たとえ貧しく不安定な身の上でも、それを手にした人々に王侯のような気品を与えるのだ。とりわけ日傘がそうである。杖の先に花冠が膨らみ、孔雀のような尾羽をぱっと開いた日傘は、凸凹の悪路を歩み、人生という懸け路を歩む人々のともすれば躓きそうな足取りを支えている。丸二月続く雨期に洗われ、次いで日除けのために差される傘は、ぽつりぽつりと穴の空いた穹窿であり、携帯式の丸天井であり屋根であり、その影は独楽のそれのように揺らめく。女性の日傘はカラフルなものが多く、布切れの継ぎ接ぎで作られたものや、あちこちに繕い跡のあるものがある。男性の日傘はどちらかといえば暗い、日食や死んだ星のような色をしているが、すべてがそうとは限らない。エチオピア人はなにも民族誌学の教科書の挿絵となるために生きているわけではない、彼らはここで必要に応じて生きているまでである。

ある国の王は、農奴の頭を打ち据える鞭を自身の王冠に比したが、そんな鞭と並び、エチオピアのいくつかの地方では、日傘は現在まで用いられている唯一の車輪である。というのも、地方によっては立って歩けるようになるとすぐに荷物を背負わされるのだが、荷を担いだり分けたりするのに日傘と杖はいまだに一役買っている。女が背負うのは丸く盛り上がった形状の物で、水の入った甕などが多い。男は長く尖った形状の物。枝を背負うこともあれば、無輪犂を担いで畑まで行くこともある。杖は右肩のうえに斜めに乗せて、左肩に背負った荷の重みを少し和らげる。ごく稀にだが何も背負わず歩く時は、杖を首の後ろに水平に乗せ、両手をひっかけて休ませる。木の枝にぶら下がっている手持ち無沙汰な猿のような具合である。杖の持手は丸く曲がっていて脇の下にフィットするため、これがあれば片脚立ちでも家畜の番をすることができる。そういう牧夫はなんだか大型の鷺のようにも見える。もっとも、持手には金属があしらわれているが、杖そのものは助祭のそれである。かくしてこの男性の象徴は世界の軸となる。篤信家が大なり小なり考えるように、人はこの軸を行動の指針として、万有引力のみならず、この軸とその霊威によってぐるぐると回っているのだ。

男でも女でもあり、神の子の末裔でもあり、施しを乞うことも忘れない精霊でもあるエチオピアの司祭もやはり日傘と杖を持っているが、その日傘は金糸で飾られており、劣らず煌びやかな祭服を陽射しから守る。まるで歩く楽園だが、トラックの舞い上げる土埃で見失うことも珍しくない。靄が晴れると精霊はまた姿を見せ、門弟たちと縁飾りと金襴のなかで太陽のように輝く。その様子はまるでオートクチュールのランウェイ、巡業に訪れた役者たちの行列、数多の奇蹟が起こりそうなパレードだ……。

数多の奇蹟と言っても、もはや書物の民でないわれわれ、ガイドブック以外の本を立ったまま読むことのなくなったわれわれにとって、それはこの先どれほど語り継がれるとも思えない昔々の伝説である。そういうものはかつてさまざまな形で幾度となく語り聞かされ、映画でさえ観たものだった。タナ湖〔エチオピア最大の湖〕の水面を歩いたという聖人の話も、この湖の水が目の前で二手に割れたという聖人の話も、新たなエルサレム（揺籃の中で蜂の群れを従えたことから、蜂蜜の名のもとにラリベラ〔エルサレム陥落に伴い建設されたエチオピアの都市。「蜂に選ばれた者」を意味するラリベラは元来その建設者である王の名。王が生まれた時揺籃に蜂が群がったのが由来〕と命名された）を築いたという王の話も、どれも舞台に見覚えがないという点を除けば別段驚くには当たらない。ナイル川の源流が混じり合い一本の大河となるように、この地には旧約新約聖書の頁がぱらぱらとほつれて舞い届き、ひとつの大きな物語を織りなしたのだろうという印象を受けるばかりである。それでもなお感嘆に値するのは、王宮に上る王子のように盛装したこの男たちである。彼らは天下を治める王に祈りを捧げては小銭を稼ぎ、聖母マリアの御尊顔や、死なない竜というか翼の生えた老蛇に絡まれつつも杖をふりかざす聖ゲオルギオスの古い聖像を、みちみち崇めながら歩む。

そう、パンと魚の数を増やすと言っておきながら、それにもまして聖像の数を着実に増やしていったのがキリスト教である。約束が違うではないか、半世紀近く飢饉に瀕するこの国にすれば煮え湯を飲まされる思いだろう。そしてその半世紀の間にエチオピアは、三位一体に基づく王政を守る穴の空いた日傘を畳み、沈黙を強いる独裁が振るう大きな杖を手にしている。

ユダとさまよえるユダヤ人

さまよえるユダヤ人は、いつのまに独り歩きを始めたユダの射影である。両者が切り離されたのは、いずれもキリスト教の反ユダヤ主義にとって不可欠であったためである。背信と強欲の代名詞ユダ、彼がキリストの捕縛において演じた役割については周知の通りであり、その契約金が銀貨三十枚であったというのも有名な話だ。この端金はある種の人々から余計に顰蹙を買う原因となっている。新聞の読者が百フラン目当ての殺人事件に閉口するようなものである。

あまり知られていない、というか人々が言及し忘れているのが、福音書によればユダは当時「十二人のうちの一人」でしかなく、その人物像にどす黒い染みが定着するには幾世紀を要したという事実である。初期キリスト教美術に見られるユダは全く目立たない存在であり、彼の肖像が嫌悪感を催すものとなるには中世を待たねばならない。このあたりからユダは赤毛で顔の歪んだ、一目でそれと分かる人物となった。パドヴァにあるジョットのフレスコ画のユダは、穢らわしい黄色の服を着た蛮人として描かれているが、これは画家の創意工夫でも何でもない。黒い後光と金の詰まった巾着はいずれも烙印のように明白かつ不可欠なものであった。

さらに知られざることに、というのは誰もそれを知りたくないからなのだが、初期キリスト教におけるユダ評価はきわめて論理的なもので、そこには感謝の念さえ込められていた。ユダはキリストの勝利に不可欠な道具立てであり、ユダなくして犠牲なし、すなわち贖罪なしというわけである。神の子は、ユダの接吻があったからこそ民を救うことができ、その使命を終えて天に召されたのである。

神に選ばしユダ、師の神性を誰よりも信じたユダ、彼はロジェ・カイヨワの『ポンテオ・ピラト』にも登場する。この物語において、神学は数学の一分野と化す。偶然と歴史、宿命と骰子の区別を取っぱらう精神のゆらぎと化す。その証拠に、もしポンテオ・ピラトがイエスを有罪にしなかったら、ただそれだけのことでキリスト教は世に埋もれていたというのである。そのことを理解していたユダは、天秤が誤ったほうへ振れることのないよう、自身の役割を全うする腹を固め、イエスが捕縛されるやいなやローマ総督のもとに出頭した。彼は総督が悩みつつも無罪放免に傾いているのを悟ると、意を決して熱弁を振るった。「幾星霜にわたり忌み嫌われることになるわが名を貴殿は存じ上げぬだろう。貴殿ら警察が取り締まる一浮浪者の名である。だが神の摂理の使いの名でもある。わが務めによってすべては成し遂げられよう。わが務めと貴殿の務めによって、ユダヤの代官ポンテオ・ピラトよ。われらは同じ苦難を抱えた、同じ徒刑船の船員なのである。」ユダは自身を待ち受ける未来を知り、ピラトに向かってひと思いに凄んでみせる。「汝は臆病者として、我は裏切り者として語り継がれることだろう。」だがすかさず釣合いを取り、天秤と徒刑船が傾くのを食い止めるべく駄目押しした。「これほどの賭金を前にして、それが何だというのだ。」

かくも熱心な信徒、かくもひたむきな証人、本来の意味での殉教者は、すべての宗教の待望するところであった。ユダの汚行は従って、神の裁きは元より、後世の法廷において絶えず再審に付されるに値しよう。それゆえ彼とは別のユダヤ人が捏造されねばならなかった。そのユダヤ人は刑罰を、むろん永遠の刑罰を科すのに何の躊躇も要らない不信心者でなければならなかった。それが、たかだか五スーの路銀を手に永久の放浪を課され、誰もが避けて通るあの、さまよえるユダヤ人の運命である。彼はポンテオ・ピラトの門番という説もあればエルサレムの靴屋という説もあるが、時代が下ると大衆の想像力の中に現れ、ある時はアハシュエロス、またある時はイサク・ラクデムなどと呼ばれた。彼が伝承の中に顔を出すのはようやく十三世紀のことで、もう少し後になると実際に路上ですれ違ったという目撃談も出てくる。たとえばブリュッセルの市民たちは、自分たちの街で彼を見たと信じてやまず、彼の哀歌をエピナル版画入りで出版した。

ゴルゴタの丘のうえ
十字架を背負うイエス
俺ん家の前を通りかかった
あのお人好しは言った
友よ　ここで
休ませてはくれないか

俺はとりつく島もなく
わけもなく言ってやった
俺ん家の前から
失せろ　罪人め！

歩けや進め
俺を侮辱するな！

善意のかたまりイエス
ため息まじりに言った
歩くのはきみのほう
千年のときを超えて
最後の審判が苦しみに
終止符を打つその日まで！

この歌謡は人口に膾炙し、さまよえるユダヤ人その人に劣らず遥か彼方まで行った。あらゆる哀愁の人物よろしく、彼もまた死ねない身の上なのだ。だがこの悩める魂は千年前のユダと同じ運命を辿ることとなる。つかみどころのない影であり続けたさまよえるユダヤ人は、十九世紀も終わりになると人々の憎悪の対象となり、証人ではなく共犯者として永遠の責め苦を背負わされた。

この「民意による決定」は、そして不動のさだめとなった。そこにはもはやいかなる逃げ道もありえないからだ。あまりに献身的な神のしもべであったために首を縊ることとなった者、神の子に手を差し伸べなかったばかりに放浪と追放を余儀なくされた者、かくして使徒と不信心者は西洋の想像力にとってユダヤ人を代表する二人であり、それでいて互いが互いの化身である。その証拠にユダはさまよえるユダヤ人の姿をまとい、再び警察の取り締まる放浪者となった。

　チャールズ・チャップリンはそんな彼らを忘れておらず、英雄と賤民の同居するチャーリーというキャラクターを世に送り出した。大衆に翻弄されるばかりでついぞ理解されることのない、神出鬼没の永遠の亡命者。荊冠と十字架をステッキと山高帽に持ち替えて、パンの数を増やし踊らせた彼もまた〔『黄金狂時代』で披露したパンのダンスを指す〕、皮肉の効いた挑発的な預言者には違いない。

無冠の王

私は覚えている　冬には水の凍りついた寝室で
頭にナイトキャップを被った一人のリア王を
荒野で震えていたほうのように　ベッドで震えながら
子孫たちを呪いながら　死んでいった王を

生まれはエノー州のフロベック〔ベルギーのワロン地域の町〕、北国育ちの日雇い農夫だったが、その生年を私は知りもしない。死後、介護をしてくれていた娘たちの家の庭先で、彼の着古しや書類はみな、貯金箱代わりの大きな黒い雨傘と一緒に燃されたためである。ほかに母方の家系にどんな人間がいたか私は知らない、そもそも遡ってみようと思ったためしもない。だからこそ彼は王なのだ、彼こそが時の始点なのだから。

そのうえ、彼の叫呼や喘鳴や罵声の響いていた家でシェイクスピアの戯曲を読んだせいもある。長く苦しい最期だった。今にして思えば、これら二つの出来事の間には十年ほどの開きがあるのだが、記憶には風穴もあれば急接近や飛躍もある。本の頁を捲れば、幾世紀を飛び越えて大洪水まで遡ることだってできるわけで。読書はそれ自体ひとつの劇場、人は書割の数だけ思い出を集め直す。このがらんどうの劇場で、われわれは神々に生身の仮面を託すのだ。われわれのよく見知った顔を。

今でも召霊のためにトントントンと叩く本物の劇場で〔かつての演劇は開演の合図に舞台を棒で三度叩いた。三という数字には三位一体を召喚する意味がある〕、詩句を朗誦して自身の王国を分割し、王位を退いてこの世に牙を剥き、声を掻き消す嵐の中で正気を失い、自身の運命を受け容れてこの世の終わりを希う一人の役者の姿が、私の目には見えるのだ。一週間髭を生やしたままのあの老いぼれ、悪臭を放つ褥瘡を洗浄してもらっていたあの寝たきり、それでもなお最後の力を振り絞って杖を天に向け、自分よりも長生きする一家の末娘を当然のごとく憎み罵っていたあの勇ましい死にかけ、私のリア王は永遠に彼であり続けることだろう。

その屍衣の中に、世界の詩を持っていったのかもしれない。ふと脳裏で詩句が歌い、鈴の音のような韻が鳴る、そんなとき、私は死んだ王の道化になった心地がする。

かつて奥の寝室に飾られていた三姉妹の写真を、今一度よく見てみなければ。三人とも髪は短く切り三〇年代の風貌だが、私は彼女たちにリーガン、ゴネリル、そして、澄んだ眼差しで持参金よりも誇りを見つめたコーディリアの名を与えよう。めいめい自身の役を演じられるよう、舞台俳優のように衣装を着せてやるのだ。一人ずつ駒のように回らせてその体を神話のヴェールで包み、三人組が登場する世の伝説を引き裾代わりに縫い合わせよう。彼女たちはパルカ〔ローマ神話に登場する三人組の運命の女神〕になる、妖精になる、人みなの運命を紡ぐ姉妹になる。最後の仕上げにリーガンとゴネリルには太陽と月、金の小箱と銀の小箱を持たせよう。残る一人、秘密を隠した彼女には、真実の入った鉛の小箱を持たせよう。

もう夢に見なくなったもの

尻餅をついたロバ。王様との謁見。大包丁で切るようなベーコン。井戸を掘る。臭い泉で体を洗う。泉に落っこちる。荷車から降りる。木の根っこを食べる。葡萄を踏みつぶす。牛を盗む。蝋燭をながめる。火が灯っているのもあれば、消えているのも。野生動物を手なずける。偉い人たちに口づけしてもらう……。

他にもまだ山ほどある。夢の読本に記された過去の体験を集めてみれば、長大な目録が編み上がるだろう。こうした物の本では、夢はただひとつのイメージで説明できるものとされている。それぞれに簡潔な詞書があり（解釈が添えられていたりもする。その内容は微笑ましいものだが、類推の力に対する素朴な信頼を感じさせる）、なんだか夢というものが、昔の手彩色の大衆向け版画に、そしてそんな夢のつらなりは、人生の千辛万苦を下敷きにした双六のマス目にも見えてくる。いまや曖昧な物語を紡ぎ出し、おぼろな輪郭や秘められた意味を伴うものとしてある夢が、そこでは雑じり気のない、ただひとつの像を結ぶものとしてある。くっきりした線と明白な意味を持ち、それでいて俄に信じがたいものとして。

夢はフレスコ画よりもなお脆く、人はふつう夢日記など付けない、だから文学作品を除けば（とはいえフロイトおよびシュルレアリスム以前の文学には、眠りに関する明細書や公証人記録の類は存在しない）、夢を解く鍵を貸してくれる読本だけが夢の救済院となる。新月から朧月へ、紅に染まり欠けゆく月の移ろいに意味深長なものを見ることがあるように、馬や王様に意味を見出す世の人々にとって、夢の読本とは自身の欲望と恐怖を知り、夜明けと共に消え去る仕事と日々を知り、寝たままできるほど朝飯前だったのに今はもう思い出せない体の使い方を知るための唯一のよすがである。どれほど内容に乏しい本も、コプト人やコロンブス以前の人々の擦り切れてなお鮮やかな布の切れはしや、空虚のなかにも元の形状を想像することのできる陶器の破片に劣らず尊いものである。

手許にある『新版　夢概説』には日付も著者名も記されていない、かつて行商人が売り歩いた青い表紙の小型本である。印刷元はエピナルのペルラン、その昔フランス全土に普及していた生活暦の版画業者である。表紙を捲ると、まずは古人の言葉をざっと踏まえたうえで、それから『美味礼讃』にも読まれるこんな緒言が続く。「良い夢は夜明けあるいは少なくとも深夜零時を回ってから生まれるものである。なぜならそれまではあらゆる感覚が消化に専念しているからであり、肉の蒸気が脳に達して精神が乱され、まともな夢を見られる状態にないからである。」本論は『観相学概説』と抱き合わせになっている。こちらは占星術のような内容で、身体の各部位に黄道十二宮のような役割が与えられ、全体で「男性身体の紋章」を形成するというものだ。髭や男性器への言及はあるが（男性器の形は鼻の形から推測できるという）、不思議と女性は忘れられている。女は夢など見ない、または聴罪司祭にしか夢を打ち明けないとでもいうのだろうか。

月の盛衰と顔の特徴のはざまで、アルファベットは見せかけの秩序を夢に与える。ただしその説明はいささか恣意的だ。Aという字は動詞 avoir（持つ）のおかげで豊かな夜のイメージに彩られ、Vという字も同様に動詞 voir（見る）のおかげで、という具合である〔本書では「杖を手に持つ。病の徴」「ロバを見る。悪意の徴」といった夢判じがアルファベット順に並んでいる。「持つ」「見る」という行為の性質上、AとVの項目が多い〕。夢の意味にも飛躍がないではなく、親殺しの恐怖や近親相姦批判が幅を利かせてはいるが、かといって最適解というわけでもない。新しい靴は慰みの徴、古い靴は後悔の徴などともあるが、そんなのと大差ないだろう。

こういうものは夢の鍵というより掛け金であり挿錠なのだが、それでも一枚の透かし戸を開けてくれるには違いない。その戸の先には黄泉の国が広がっている。人間社会にそっくりな幽霊たちの世界が待っている。とはいえ彼らはみな恐怖や希望そのものと成り果てた、自己自身の影法師でしかないが。

死者の川

死者の川というとヴィレーヌ川〔仏西部を流れる川。大西洋に注ぐ〕が思い浮かぶ。身持ちの悪い娘《ヴィレーヌ》を思わせるその名のせいだろうか。身を持ち崩した水辺の女神、野原を肥沃に潤すどころか破滅をもたらす呪術師の川。天の高みに住み慣れた神々には居心地の悪い平野だったのか、などという神話はさておき、この川には本物の自然がある。川辺のたっぷりとした沼地には鰻が豊富に生息している。かつては海水が逆流して段波が発生したが、ルドンと大洋の間に水門が築かれて以来見られなくなった。満潮時に遥か内陸まで遡上してくるあの早波を待ちながら、子供心に不安な悦びを覚えたものである。

それからまた、ある言い伝えを憶えている。この言い伝えにはカロン〔ギリシア神話に登場する冥界の川の渡し守〕

の名が出てこない。ギリシアの物語は、ブルターニュへやって来たはいいが、登場人物の名を忘れてきたらしい。それは渡し守の男の話で、男は川を渡る旅人たちに「どこから来てどこへ行くのか」と問うていた。男はスフィンクスでも渡し守でもあったわけだが、テーベへの途上に現れる真昼の悪魔ではなく、もはや黄泉の国の幽霊でしかなかった。男は靄の国の住人となるさだめにあったが、ある思い上がった旅人が男の問いに答えてしまい、彼が男の代わりに死の小舟に乗ることとなった。

私はこの話が好きだ。ここには神話の登場人物が二人、異国の地で交じり合い生き延びている。この話の罠は知ったかぶりを閉じ込める罠である。無知な者を見逃し、安易な答えを裁くところがいい。知り抜いた一本道のほかには選択肢を与えない、生ける屍たちの真理がいい。誰もみな行き着く先は同じ岸辺であるとしても、己の命運を信じてかかるよりは、放浪とまわり道の果てに辿り着きたいものである。

ちょっと死ぬ

ジャン＝ルイ・ランペルに

旅立つとは、ちょっと死ぬことだ〔十九世紀の詩人エドモン・アロクールの詩の一節〕。ちょっとだけ死ねる、これだから旅はやめられない。というのも人は、自分はどうやって死ぬのか、死んだらどうなるのかなどと死んだつもりになって想像する生き物なのだから。モンテーニュの言う、暗く音のない奥底に何があるのかなんて、所詮誰にも分からないのだから、無意味なことではあるのだが。

どこか遠くの国で病気に罹る、事故に遭う、そういう不安や苦しみを想像して人は死のまねごとをする。舞台を遠くに設定するのは、死の脅威を遠ざけておきたいから。

そもそも旅行とはウソの旅立ちだ。さよならをしておきながら、また帰ってくるよと言うのだから。それはまだ容赦のない最期のお別れではない。そういう別れはかつて本当の話であったためしがない。

人が旅に出るのはなにも好奇心からだけではない。旅先から戻り、自分のいない間に世界がどうなっていたのか、世界が自分なしでどう回っていたのかを知るという一種独特の愉しみを味わうためでもある。誰もいない家のドアを開けると、かつて我が家だった家は再び我が家となり、人は自分の亡霊との再会を果たす。灯りを点け、カーテンを引き、自分の居場所を取り戻しながら、ゆっくりと亡霊を追いやる。そう、旅に出るとは死んだフリをすることだ、だがそこには生き返るチャンスが残っている。旅人は自分自身をまんまと騙し、その先に待つ生を捏造する。誰にも思い出してもらえなくなるほど長い旅に出るわけではないのだから。

家を空け、行方をくらまし、ひとしきり不在を愉しんだらまた帰宅する、見聞を広めに行くためではなく、墓を離れてまた墓に戻るために、家の守り神にいとまを告げる——という病的な欲望は、ナサニエル・ホーソーンの珠玉の短篇のひとつを生んだ。これは正確には奇談と呼ぶべきもので、彼曰く新聞で読んだ実話なのだとか。

ロンドンにウェイクフィールドという男がいた。物静かな性格で、妻と平和に暮らしていた。男は妻に数日旅に出ると告げた。家を出たきり、彼はそのまま二十年もの間姿をくらました。家族や友人には何の便りもなく、みな死んだものと思っていた。ありがちな事件かと思いきや、驚くべきことに、ウェイクフィールドは地球の裏側に旅立ってはいなかった。彼は町内の、それも自宅の目と鼻の先に住んでおり、毎日のように家の周りをうろついては妻を観察し、そこから二本先の通りにある自分の新居に戻るという生活を繰り返していたのである。彼はこの回転木馬を二十年続けたのち、ふらりと家に帰り、何事もなかったように妻とまた暮らし始めた。

ホーソーンは、この事件の淡々とした異常性をひとまず紹介したあとで、その理解とはいわないまでもその解釈を試みている。出発の場面、ウェイクフィールドの日常、妻のやもめ暮らし、生ける屍の帰宅などを思い巡らし、すでにして彼自身がこの捉えがたい人物の周りをうろつき始める。おそらくは自身の内なる欲望を物語に託したのだろう。そしてそれは人みなの欲望でもある。今この場所に縛りつけられたわれわれには、オデュッセウスでさえ近づくのが関の山だった黄泉の国へ行くことなど叶わない。だからせめて架空の人生を思い描いては平行世界を逍遥してみるのである。

かといってウェイクフィールドの境涯のほうが羨ましいというわけでもない。彼は旅人にあって旅人にあらず、ただ己の人生を覗き見ていただけだ。事実、今一度モンテーニュの言葉を借りれば、二十年家を空けてもなお彼の視野は「その鼻先までという狭窄ぶりで」、相も変わらず「自我に縛られ、自我に自我を積み上げて」いただけなのだから。

御多分に洩れず、モンテーニュも旅を死と結びつけている（とはいえ彼は独創的であろうとした最後の人であろう）。ただし彼の場合、そこに悲しみはない。そこはウェイクフィールドよりもわれわれの大半よりも賢いモンテーニュのことである。むろん彼とて旅先で居を構えるたび、この異国の地で病に倒れるかもしれないという心づもりをしてはいた。してはいたが、それをかこつのではなく、むしろチャンスだと思っていた。いつもより荷物の少ない、ちょっとだけ自分の少ない場所で死ねるチャンスだ。ひち面倒な家事や一家の大黒柱としての責務、そして何より、とかく息苦しい友人の群れから遠く離れた場所であの「大いなる永遠の別れ」を告げるチャンスだ。モンテーニュにとって孤独とは会話や同情より尊いものだったのである。もっとも、もしこの世を去るにあたり、自分をこの世に迎え入れてくれた産婆《サージュ・ファム》〔賢い女性〕よりも賢い男性《サージュ・オム》の見つかる保証があるならば話は変わってくるだろうが。

モンテーニュは、旅と死を通じて人間にとって虚しさとは何かを語る『エセー』の章で、希わくは寝床より馬上で死にたいとまで言っている。なるほど高いところから落ちれば死に損なう心配はなさそうだが、それ以上に彼は、動きながら死にたかったのだ。世界とひとつになれるような揺動を、最期の瞬間まで感じていたかったのだ。これこそがモンテーニュの旅行の極意であり、そのことは、見え透いた皮肉を仕込んだ慇懃な調子で、いつもながらさらりと記されている。「笑って暮らすなら仲間と一緒がいい、眉をひそめて死ぬなら知らない人のところがいい。」

向かいの家

晴天のボスラに着いたなら（ここはまだシリアだが、ヨルダンとの国境は目と鼻の先だ）、天を仰ぎ、何世紀も昔に消えた雲を探さずにはいられない。雲といっても雨雲などではない、幼いムハンマドを彼自身の影から守るべくその身について回ったという雲である。他でもないここボスラで、キリスト教の修道士が、メッカから叔父と共にやって来た未来の預言者〔ムハンマド〕を見つけることができたのもまさしくこの雲のおかげであった。天使ガブリエル〔ムハンマドにクルアーンを啓示した大天使。アラビア語名ジブリール〕が地上に降り立たれ書物を口述するよりも遥か昔の話である。

現実の話に戻ろうか。風の門《バブ・アル＝ハワ》を抜け旧市街に足を踏み入れると、まずは街の黒さに驚かされる。パルミラからダマスカス経由で入ると驚きもひとしおだ。パルミラが昼ならボスラは夜、両者は似ても似つかない。いずれもローマ時代の遺跡を留めるものの、砂漠のふちで文字通り「薔薇色の指の暁」〔ホメロスが『イリアス』で用いた暁の比喩〕に映えるパルミラの優美な石灰岩に対し、（右手に朝日あれば左手に夕日あり、ということで）くすんだ玄武岩の塊が無骨に積まれたボスラの古代地区は、さながら灰色の壁の鉱山都市である。ヴェールの裾をさらさらとかすめて砂原を歩む姿が目に浮かぶ女王ゼノビア〔三世紀のパルミラ王国の女王〕の残映に対し、ここボスラを駐屯地と定めて街道を通し、商店、劇場、共同浴場のほか、今日ではプールに生まれ変わった貯水池などを建設したローマ軍団。などと比べてみるにつけ、二都には何の接点も見当たらない。

さらに対照的なことに、オアシスのほとりに位置し、目にも涼しい椰子《パルミエ》のみどりに表情豊かな黄土色の映える景勝地パルミラでは、一九三〇年頃に住宅地が一掃された。そして、夜のうちに建て並べたような遺跡群の外側にモダンな都市が築かれたのである。この新興都市は今なお拡大の恐れがある。翻ってボスラの遺跡には、ごく近年まで代々ドルーズ派〔レバノンやシリアを中心に存在するイスラム教の宗派〕が住んでいた。前世紀〔十九世紀〕末に隣の山岳地帯を下りて移住してきたのである。彼らの住まいはいかにも仮の宿といった趣で、ともすれば陰鬱な、と言いたくなる景観なのだが、見れば家々の窓辺には絨毯が掛けられている。中庭に紐を渡して吊るしている家もある。プランターや花壇の代わりというわけである。それだけでない。ドルーズ派の女性たちは刺繍入りのカーディガンを羽織り、少女らはめかし込み、少年らは戦争ごっこに興じ、円柱のうえには山羊が登り、ローマ時代の街路には家畜が我が物顔で寝そべっている。

要するに、お偉方にとっては鼻持ちならない暮らしぶりなのである。事実、もろもろの当局の認可を盾に、ここの住人たちをコンクリートの高層アパートや団地に移住させ、考古学者と観光客に遺跡を明け渡そうという都市計画が浮上している。案の定、清潔で快適な住まいを提供しますなどという建前でお茶を濁しているのだ。

ローマ軍団からドルーズ派に受け継がれたこの廃墟もやがてもぬけの殻となり、平日にしか観ることができなくなるだろう。世界のどこでも同じこと、人類は自分の住処をなるべく綺麗に掃除したうえで、扉を閉めて引き払い、旧宅を廃城にしてしまうかのようである。かつてローマで耳にした、とあるシチリア王妃の話とよく似ている。代々伝わる宮殿に住んでいた王妃は、調度品も壁布も植物さえも残したまま、年々一部屋また一部屋と鍵をかけ、いわばずるずると後ずさるように宮殿を去り、向かいの家で余生を送ったという。

ドルーズ派の家で過ごした日

ジェラール・ド・ネルヴァルの架空の妻君たちのなかには（ネルヴァルは手当たり次第に求婚を迫るドン・ジュアンのごとき男であった。もっとも、どれもこれも彼の白昼夢ではあったが）、女優や王妃だけでなく、ドルーズ派の女性がいた。女性というよりうら若い娘で、ヴェールをまとわぬその顔は西洋の女のように白く、その白さゆえに記憶のイメージと化した娘はかつての絵画でいうところの裸婦画のようでもあった。プロヴァンス地方出身で旅人に奴隷を斡旋しているカルレス夫人の寄宿舎にはアラブの娘たちが集められていたが、この娘には他の女子たちにもまして自立心と教養があった。娘の父はドルーズ派の長老《シャイフ》だったが、ベイルートで投獄された。幾年も年貢を納めていなかったにもかかわらず上京するという軽率な失態を犯したのである。納税を拒んだのはオスマン帝国の行政権を認めないという意思表示であった。

ネルヴァルはこの牢者のもとに通い詰め、ドルーズ派が帰依するカリフ・ハーキムの話を聞いた〔ネルヴァル『東方紀行』「カリフ・ハーキムの物語」〕。ハールーン・アッ＝ラシード〔アッバース朝第五代カリフ。『千一夜物語』では夜の街にお忍びで繰り出す〕のように物語的で（彼は自身の王国にお忍びで繰り出す）、隠れイマーム〔この世の終わりに再臨する救世主〕のように神秘的なカリフである（彼の死後その亡骸は見つからず、彼の再臨は必ずや新たな治世の幕開けとなる。こういう話は世の正義を云々する予言にはつきものである）。この男は実の妹と結婚しようとして自身と瓜二つの男に権力を奪われたという。ネルヴァルが好む要素しかない逸話だ。なかんずくハーキムが狂人の輪にまみれている間にその名を騙る偽物にカリフの座を横取りされたというくだりは、『東方紀行』の著者にとって、数奇な夢のからくりと、負けず劣らず数奇な生のからくり、いまだどちらが先か判然としないこの強迫観念を表現する一助となっている。『オーレリア』の一部はこの旅に着想を得たものとみえる。さらなる着想源としては彼自身が読んだ書物の記憶もあるだろうし、モリスタンの収容所〔ハーキムが訪れた狂人収容所〕は東洋の御伽噺の世界に移されたブランシュ医師の病院〔ネルヴァルが入院していた精神病院〕のようでもある。

正味のところ、ネルヴァルがこのカリフの話を獄中で聞いたとはどうも考えづらい。これは二重三重の又聞き話を語るための小説用の仕掛けだ。作家の技量が窺える上手い設定である。ドルーズ派の信徒や信仰にしても、彼は自身の見聞以上に、シルヴェストル・ド・サシ、エルブロ、ド・ボック男爵の書物に多くを負っている。情報源をシャッフルし種々のジャンルを織り交ぜる彼こそは、混合主義のドルーズ派を語るにふさわしい語り部である。のちにアキテーヌ公やネルウァ帝の末裔を名乗ったかと思えば、我はポイボスかリュジニャンか、いやビロンかも知れぬと自問したネルヴァルだが、この混合主義については「矛盾した教説の寄せ集め」と評している。事実、ドルーズ派の教理は数多の古い伝説や用済みとなった啓示、太古の昔から今日まで伝わる風聞等のごたまぜである。ネルヴァル曰く、「それゆえ著述家によっては、これを人間の複雑極まる奇想天外の金字塔だと言う者もいれば、ドルーズ教と古代秘儀伝授の教義との関係を持ち上げる者もいた。これまでもピタゴラス派やエッセネ派、グノーシス派に比されてきたドルーズ派だが、テンプル騎士団や薔薇十字団、近代のフリーメーソンも思想上彼らに負うところが大きいとみえる」。自身の仲間を見分けるには神自身も秘儀を伝授する必要があるのかもしれないが、ドルーズ派にすれば無用なことだ。御多分に洩れず彼らもまた選民意識を持ち、キリスト教徒がイスラム教徒を制圧した時に自分たちの治世が訪れると信じて疑わない。とまれ、さしあたり若い娘たちは、ネルヴァルの儚い伴侶のようにキリスト教国の教会にもイスラム教国のモスクにも自由に通える立場にある。真の信仰とは深秘なる知恵の書の中にあり、俗人の目には見えぬものであればこそ、その日が来れば眩く顕現するというのが世の秘教の根本思想である。近年でも西暦二〇〇〇年頃に預言者が生まれると告げられていた。これであのハーキムの終の仮宿となるべき場所も明らかになるというわけだ。毎回異なる身なりで同胞の前に現れることをたまの楽しみにしていた彼も、とうとうその姿を世界中にお披露目する時が来たということだろう。

今日ドルーズ派の地に足を踏み入れるには、ベイルートから海道を南下して左に折れ、九十九折の急な坂道を登って雪の山岳に分け入らねばならない（私が訪れたのは冬で、豪雨に見舞われた。ああいう雨は聖書の類には記録が残っているものの、天気予報が必ずしも当ててくれるとは限らない）。段々畑と古い家並みの残る山景は、とりとめのない建築が並ぶ沿岸部とは趣が異なる。あちらでは袖の下で成り上がった「新富裕層」の精神と悪趣味が入り混じる未来の廃墟が広がっており、戦争の爪痕を払拭するどころか古代遺跡も形無しであろう。

車の部品類やきらきらしたソファ、偽物の骨董片の山を抜け出ると、辺り一面バナナの木に囲まれ、さらに進めば急峻な山坂が霧中に呑まれてゆく。ここまで来れば悪天もなんのその、その昔小レバノンと呼ばれた地に思わず目を奪われる。今日この地を治めるジュンブラート家〔ドルーズ派の名家〕の当主は軍師にして政党の党首であり、おまけに地方総督と文化相も兼任している。文化財保護を布石として啓蒙専制君主への道を画策しているのであろうか。事実、デイル・エル＝カマールとベイト・エッディーンはレバノンでも有数の美しさを誇る村であり、トスカーナ式の影響を留める宮殿にはかつて東方紀行者たちの頬を撫ぜた風が今も薫る。そのうちの一人モーリス・バレスに言わせれば、まあ彼はどこでも大概こう言うのだが、ベイト・エッディーンは死と快楽の交わる場所である。ワリード・ジュンブラート〔ジュンブラート家当主〕がローマのモザイク画を取り寄せたのもここだ。宮殿中央の中庭の低い草陰に設置されたモザイク画はまるで地面に被せた絨毯のようで、風に乗ってひらりと舞い上がってしまいそうだ（その拍子にこの館ごと飛び去ってゆかないとも限らない）。壁面には豹のモザイク画が慎重に飾られていた。およそ躍動感を出すのに向かない素材で描かれたその獣は、驚くほどしなやかな肢体をしていた。毎年夏になれば、ここでは殿様の若妻が中心となって音楽とダンスの祭典が催される。在りし日の貴婦人たちは慈善市を開いていたが、今日では文化イベントに精を出しているというわけだ。

　城を持つ男としか結婚できない女を愛した郵便配達夫シュヴァルが手掛けたかのようなその建築の前を足早に横切り、ジュンブラート家の領地にやって来た。鄙びた中にも洗練を感じさせる屋敷では召使いたちが待っており、大きな傘を差してもらいながら中庭、テラスを抜ける。城塞のように巨大な建物である。首を屈めて中に入り、辛くも雨を逃れた。水気を切るようにして体を乾かし、客間に通される。曇天の外に比べ部屋は明るく暖かい、大きな窓の向こうには瀑布のかかる山が広がる。テラスも夏にはさぞ快適であろう。しかも女性の非の打ちどころのない接待つきである。このひとは昔日のヨーロッパの作法を身につけており、のっけからこちらに申し訳ないという気すら起こさせない。一九七七年、シューフへの道中で暗殺されたカマール〔ワリード・ジュンブラートの父〕の寡婦となったワリードの母君は、冬と悪天をこよなく愛す女性である。訛りのないフランス語を話し、ハリウッド版『見出された時』のヒロインのようにサングラスをかけ、標高高い家の屋内でも夏は暑くてかなわないと言う。地酒のアラックで舌が滑らかになると、おのずと話題はかつてのシャーム地方と今日のシリアに向かう。ジュンブラート夫人が滔々と悪意たっぷりに語ってくれたのは、その昔パルミラにあるゼノビアホテルを所有していた女の話だ。やや「頭のいかれた」その女は、ベドウィン族や大使たちと同衾を重ねたが、第二次大戦後のパリで餓え死に同然の最期を迎えた。外交官たちは、恩知らずも文無しもみな彼女を救うべく万策を尽くしたという。

とその時、ワリード・ジュンブラートが部屋に入ってきた。巨大な禿鷹のような風貌で、ジーンズに背広という西洋風の身なりが線の細さを際立たせており、警戒心の強い、激し易そうな性格が見て取れる。誰かが話し終わるたび我先にと口を開く。フランス語は幼少の頃から話し、スイス人のメイドを雇ってもいる。私にジャーナリストかと訊ねてから、途端に悪態をつき始める。ハーシム王国は忌々しい、サウード家には反吐が出る、帝国主義者も西洋もまとめて駄目だと容赦ない。イスラム世界については、必要なのは改革でもまして文化革命でもない、団結と武装蜂起だと言う。謗言がイスラエル、正確にはユダヤ人に及ぶと、途端に輪の中の女性が声を上げる。クローンを作ったのはあいつらよ。だって新興宗教ラエリアン〔フランス人ジャーナリスト、ラエルが創始した新興宗教。クローン人間の誕生を発表〕のエセ教祖は聖書がどうとか言ってるじゃないの。あいつの頭がおかしいのはラエルとイスラエルの韻のせいじゃないかしら。流石にそこまでは分からない、一同は聞いていないふりをしている。

　とまあ少し同席しただけで、ネルヴァルの言っていた寄せ集めとはこれのことかと思わされる。とはいえプラトンもピタゴラス派も、まして矛盾した教説も今は関係ない。古来ここは戦争と虐殺によって火と血の海となってきた土地であり、言説の中心が移ろうたびに混乱は深まっていった。聞けばかつては異端のマニ教が幅を利かせており、それと同時に古い信仰はイデオロギーに変わっていったようだ。マルクス、ガンジー、ナセルをまとめて信奉したカマール・ジュンブラートはそれで何かを明らかにしたというより、ただ混乱を別な次元に、われわれの側に運んできただけだ。ワリードはといえば、彼にはイスラム思想家となるだけの時間はなかった（彼曰く、ドルーズ派の聖職者は世迷い言を並べるだけの能無しだ）。

食事の席で語ってくれたところによれば、父君が亡くなってからというもの、数億ドルを工面してソヴィエトの支援のもと同胞を武装することが喫緊の課題であったという。「ソヴィエト」という古めかしい言葉は彼の口から出たものだ。サンクトペテルブルクではなくいまだにレニングラードと言ったりもする。「ロマン主義の名残」なのだと。血生臭いロマン主義もあったものだ。

第三世界主義者にして『ル・モンド・ディプロマティーク』を購読するワリード・ジュンブラートは、王のように歓待する。トリュフ入りのフォアグラの次は食べ頃のブリーチーズ。いずれもパリの食卓かと見紛うほどの逸品で、おまけに量も多い。ほとんどダルウィーシュ〔イスラム神秘主義の修道者。音楽に合わせて旋回する修行法で有名〕のように目まぐるしく回る給仕たちのバレエ姿がとりわけ印象に残っている。次から次へと運ばれては下げられる皿（ヒメジ、白身魚、ロースト肉と多種多様な野菜）に、ベッカー高原産の赤ワイン。食後のデザートを平らげる余裕がなかったことが悔やまれる。メレンゲにマルメロジャム、カフェの次に甘口ワイン、これが世に言うアラブのおもてなしなのだ。驚くべきことに、このてんこ盛りの甘味を口にしても主人の苦味は一向に和らげられる様子もなく、アラブ世界にとっての諸悪の根源は帝国主義だと言って譲らない。反論にも動じないが、己の運命の責任は己にもあるのではないか、そう問われると俄に信じがたいという顔で唖然としてみせる。この驚きはわれわれと彼、どちらの世間知らずから来るものなのか分からない。
私にはこの時、彼が再び父親の跡継ぎに戻っているように思われた。父を思い出して彼は一瞬動揺した。というのもこの人はおそらく、父君の曖昧ではあるが寛大な思想や、ましてほのぼのとした詩情や、一族や政党の長としての使命以上に、果たされはしなかったもののアフリカでの医師としての使命には、まるで理解を示すことはなかったのだ。こういう側面をもつ人格や若い夢は、実の父親を一人の見知らぬ人間に変えてしまったのだ。行きずりの見知らぬ者たちは、彼に父親のことを思い出させながら考えるのだ、この人には世界の何かが欠けているんじゃないかと……。

　壁に掛けられたサーベルと銃の下で写真を数枚撮り終えると、また傘を差して中庭を抜け、帰り際に父君の書斎を見せてもらう。われわれにふさわしいと思える部屋である。天井には巨大なアーケードと、暗いレースから微光の漏れるエジプトのシャンデリア、窓の外には一年を通して壮麗な峻峰が広がる。世の喧騒とは無縁の本棚にはワリード・ジュンブラートの集めた書物が並んでいる。いずれも黒地に白で書名の記された同一の装丁だが、共通点といえばそのくらいで、内容は種々雑多である。ラマルティーヌ、ルナン、よく見ればシルヴェストル・ド・サシなどもあるが、なかでもポール・ブールジェ、ピエール・ロティ、『現代思想の展望』、ラガルド&ミシャール〔中高生向けの文学教本〕、ウパニシャッドという並びに驚かされる。

あまりにも薄い本や平凡な本が何の分類もなく置かれており、これではこの惨めな霊廟は満たせない。この霊廟の守護神は、ソヴィエトのポスターの勝ち誇った兵士や拳を突き上げる労働者たちだ。息子にとっては、このポスターがなければ未来も過去も存在しないに等しいのだろう。

ネルヴァルは寄せ集めだと言っていた。狂乱した彼は夢のなかでくるくると円を描きながら、死せる神々の復活を望んでいた。神様たちの寄せ集め、しかし、自分で自分を崇拝する人間様もいまやその立派な一員となっているのだ。この土地の淀んだ時のなかでも、われわれの目まぐるしい時のなかでも。

右手の国

「死を逃れてハドラマウト〔イエメン東部の地域〕へ」、それが旅の目的というわけではなかった。この地方の名と、死を意味するアラビア語のマウトの語呂合わせからなるこの表現を風のたよりで聞き知ったのは、かつてローマ人が幸福のアラビア《アラビア・フェリクス》と呼んだ地にすでに足を踏み入れてからのことだった。

嘘も作り話も必要ない、ただいくつかの出来事を選りすぐり、このイエメン旅行をひとつドラマ仕立てに語ってみせることもできるだろう。イエメン、語源は右手の国。出発地アデンの空は、それはそれは不吉な空だった。蒸し暑いクレーター地区には四月と七月しか雨が降らないというが、沿岸一帯は篠突く雨に襲われた。漁師小屋は風に煽られ、羽の抜け落ちた鳥がなおも飛び立とうと羽ばたく姿に似ていた。自動車の車体やタイヤの置かれた整備工のバラック、曇天に浮かび上がる巨大な看板のシルエット。何もない土地がブロック塀で囲われている。こうして私有地を画定しているのだ。かつて部族の首長たちが、なるべく遠くの砂原まで棒を投げ合って土地を分割していたように……それも記憶だけをたよりに。それからまた、ムカラでは滝のような雨に見舞われ、牛の角もへし折る風に一晩中耐え、夜が明けたら明けたで道は水浸し、車はぬかるみで立ち往生、通行不能の道路はトラックの列に塞がれていた。普段なら帽子なしではとても歩けない日照りの高原で霧に包まれ、おまけにワイパーが故障した。数階建ての家はあるが橋も鉄道もないこの奇妙な国で、涸《ワ》れ川《ジ》が増水し、対岸に渡れなかった。しまいには部族間抗争が起こったという噂が検問所まで届いてきた。検問所といっても、凹んだドラム缶に薄汚い旗が立っていて、これが目印だという。まだ二十歳そこらと思しき軍人と同乗して、われわれは次の検問所に向かった。この国の青年はみな思春期にさしかかり男らしさが出てくると三日月型の短刀をベルトに差すが、彼は股にカラシニコフを挟んでいる。万が一それを使うような事態になったらどうしようか。と、前の座席で、軍人を膝に乗せるわけにもいかず窮屈そうに座っていたガイドの言葉に胸をなでおろす。軍隊はね、ホントに危険な場所には連れてってくれませんよ。

我ながら人質か、さもなくば水難者のような、という思いがふとよぎる。なぜならこれは死に近づく旅、生を変える旅なのだ。キメラやユニコーンはいないにせよ、狼の口〔危地の意〕を拝みにゆく旅なのだ。ところが真実はかくも不吉な蜃気楼から遠く離れたところにあった。イエメン旅行は初めから終わりまで魔法がかっていた。このまま死んでしまうのもわるくないとさえ思えるような夕暮れもあった。短い歳月と季節を通り過ぎてきたこの身を、もうこらで休ませるのもよいではないか。

というのも、イエメンを駆け巡るあいだ、思考は光の速さで移ろう。この国ではいまだに女王たちが死星のように輝き続けているのだ。なかでもシバの女王とは神出鬼没の女王であったのか、紅海の両端にその残光を留めている。この海をひょいと跨いでソロモン王に会いに行った彼女は、足元の鏡を川と思い違えてドレスの裾をたくし上げてしまい、唯一神に帰依したのだった〔クルアーンによれば、この思い違いをソロモン（スライマーン）に正されたシバの女王はアッラーに帰依した〕。彼女の他にも、百歳になんなんとしてなお恋愛の果てに死んだという逸話を残す女王もいる。伝説と迷信の国、ここには瘤牛の角を患者の背中や頭蓋に吸角のように当て、悪血を飲む呪医たちがいまだに存在する。彼らに血を吸引される患者は生ける呪物のようにもみえてくる。そう、われわれはいまアラビア半島と暗黒大陸をゆるやかに分かつ裂け目のこちら側にいる。向こう側は、アフリカだ。春の訪れと共に炎暑に見舞われる沿岸部には、砂と塩にもめげない灌木や、風に煽られるボサボサ頭の椰子の木が生え、村の女たちは小屋の手入れをしながら漁師にして密輸者である男たちの帰りを待ち、ソマリアからの難民が暮らす都市部では、かつて隊商宿のあった場所に安食堂や給油ポンプが並び――といった具合にここでは何もかもが告げ、思い起こさせるのだ。すぐそこに、だがあまりにも謎めいた国々があることを。イブン・バットゥータが黒人たちの国と呼んだ、不実な者たちとみだらな女たちの住まう国々が目と鼻の先にあることを。アラブ人にとっての懸念と醜聞の種、それでいて尽きせぬ奴隷の貯蔵庫が。

　他の思い出を掘り起こしてみれば、同じ旅を別様に語ることもできるだろう。城壁に囲まれたサナア〔イエメンの首都。標高約二三〇〇m〕は壮観であった。数階立ての建物の窓は石膏の刺繍で縁取られており、さながら街全体が高地のヴェネツィアである。だがここはいわば露天市場《スーク》と化したヴェネツィア。露店の棚には世にも煌びやかで触り心地のよい織物が並ぶ。シルク、ビロード、ブロケード、その名も見た目も美しい織物が、思わず手に取りたくなるように念入りに陳列されていたり、劇場の緞帳のように吊るされていたり。生地に触れる女たちの手は、他の誰の手にも表すことのできない悦びに触れる。だが、その禁欲的に黒いローブの下から刺繍入りのズボンの裾が顔を覗かせるとき、そのヴェールの下から視線が刺すとき、香辛料やシルクを積んだキャラバンがかつてこの地に足跡を残していったことを知る。それは彼女たちの優美なシルエットから往々にして察される。体も装飾品も晒さない女たちに代わって、街全体がそれを晒し、道行く者を魅惑しては、守ることのない約束ばかりを煌めかす。同じように、ヨーロッパの男とみれば誰彼かまわず、うら若い娘たちの胸には旅立ちの夢が目覚めるが、彼女たちの夢もまたすみやかに葬られるしかない。行き交う人は袖をかすめ、袖を振りあい、一瞥を交わし、欲求不満を遠ざけようとする。なぜなら伝承によればわれわれは、目には見えない環によって足輪ほどにもがっちりと繋がれているのだから。

布がうねり、襞が寄る。地質学者なら造作もなく読み解けるこの広大な風景もまた、うねり、襞が寄る。砂丘には風の通り跡があるように、断崖と峡谷の絶壁には水の流れ跡がある。段々畑は少なくとも三千年の昔からごく稀に降る雨の水を集めてきた。この段丘がなければ雨はまっすぐ海に消えるだろう。海岸線に沿ってゆくと侵食が見られる。引き返さなくてはならないこともあるが……。

西暦零年頃にメルキオールが没薬を手にベツレヘムへ旅立った場所からそう遠くない、このインド洋の端の風景のなか、私は一人の漁師のそばで立ち止まった。漁師は海岸で網を繕っていたが、その手つきはあまりに熱心で、運命のほつれを直しているのかもしれなかった。このまま死ぬのもわるくないと思ったのはこの場所だった。おそらくは運命から逃れたかったのだが、それだけではない、遅い時間のやさしさと、時間の埒外にあるこの後背地とが、ふとそんな気にさせた。この飾り気のない場所で、疲労に倒れ、苦しみのない自分の亡骸を、自然の柩に納めるように砂に沈めてしまえたなら、と夢みたのだった。そうしていつか化石となった自分の骸が、それよりは少しばかり硬い石の表面に羊歯や海藻のように痕跡を残すことができたなら、と。だが今にして思えば、鉱物を背景にみたこの白昼夢は、自分の体が腐り果てるという思念を拭い去ることはできても、死そのものを払拭できるものではなかった。

「車に乗れ、シモーヌ」〔「行こう」という意味の慣用句〕、ハッサンの声がそう呼んでいる。他のフランス人か、ベルギー人から聞いたのだろう、彼はこの表現を繰り返し口にする。受けがいいのを知っているのだ。自分がいま夢遊病者を夢から呼び覚ましたと知ったなら、もし私の頭の中が読めたなら、大笑一番、レパートリーのうちから「オヤオヤ、ナントマア！」のほうを口にしたことだろう。涸れ川が猛雨で溢れて山から駆け降りて来たら、この先の道が通れなくなってしまう。そうなる前にここを発たねばならないのだ、やっぱり今日は死んでる場合じゃない。

動かぬ旅人たち

待合室とは煉獄である。これは世界のどこだろうと、ひとつの生から別の生に向けて旅立つあらゆる駅における真実である。しかしながら、バルト海のほとり、正確に言えばハープサルにいた時ほど切実にそう感じたことはない。エストニアはタリンから西へ、サンクトペテルブルクにそう遠からぬこの海浜保養地は、今日こそ閑散としているものの一頃は名声を博し、ロシア皇帝やチャイコフスキーなど名だたる面々が訪れた。泥風呂や保養館《クルサール》、夏の夜長を目当てに鉄道に揺られてやって来た彼らの脳裏にはまた、一年に一度だけ教会のステンドグラスの向こうに現れるという白い女性の伝説がちらついていたかもしれない。

宿の女将はといえば、心暖かく恰幅の良い、しかと実在する生身の人間で、海まで続く果樹園のある木造の古家のバルコニーでわれわれを待っていた。洗濯物にまぎれ、青黒白のエストニアの旗が奪回の印のようにはためいていたが、話を聞いてみると、この老婆が電話口でこちらの国籍を尋ねてきた理由がほどなく判明した。何が起ころうとも（たとえ実家の修理に必要な金を渡されたとしても）ロシア人だけは泊めないのだという。占領期の記憶があまりに生々しく残っているのだ。拘束と暴力のもとで、住民は片っ端から容疑者となり執行猶予付きの罪人となり、外国語を話せば裏切り者、家族の写真を持っていれば反動主義者とみなされた。女将の父君はある朝モスクワに連行されたきり、二度と戻ることはなかった。この怨恨は彼女が生きているかぎり消えるはずもなく、また、いったんは同じ供宴の席に着いたヒトラーとスターリンがのちに残り物を奪い合った時代に、こもごも犠牲者となり虐殺者となったバルト諸国の人々が、等しく抱えているものであることが知れた。余談ながら、リガにある占領博物館の入り口には握手を交わして祝福し合うこの二人の食人鬼の写真が飾られている。

いささか遅ればせながらも生きる喜びを知った人々の暮らすハープサル。テーブルにはオイルクロスを敷き、椅子にかけて編み物や縫い物をし、台所と居間を行き来するうちに床のリノはすり減り、部屋を出るときは忘れずに灯りを消し、とまるで五〇年代の西洋の経済状況を思わせる暮らし向きのこの家を探していたさなか、この快復期にある街の奇妙な駅を見つけた。もし妖精が産業化の時代に生きていたら、あるいは寝ている間に呪いをかけることができたなら、御伽話にはこんな駅が登場するだろう。

線路上はすべてが止まったまま。何百万キロという距離を走行したLoco52-3368をはじめ、SU252-94、L-1646といった機関車のほか、貨車や旅客列車も仲良く停車している。線路をまたぎ駅舎を一回りしてようやく気づいたが、この駅はそっくりそのまま博物館なのである。ただしこの博物館には看板も何も見当たらない。もうひとつ面食らったことに、なんと待合室は今でも使われている（湯治施設のような横長の建物の左側にある）。バスターミナルがあり、おのずとその待合所になっているのだ。この半身不随の建物、といっても華やかなりし往時を偲ばせるが、この建物の右側には思い出の品々が誇らしげに集められている。立派な身なりをした駅長、金色のボタンの付いた青いウールのジャケット、肩掛け鞄、車輪点検用の角灯と金槌、レールの幅の三輪車、古い切符、黄ばんだ写真、そのうち一枚は一九〇四年、ハープサルに初めて機関車がやって来た時に撮影されたもので、レンズの前には群衆が押し寄せている。髭面、ハンチング、シルクハット、鳥の巣みたいな婦人帽、無数の顔また顔、みなこちらを眺めているが、目は合わない。

構内には今なお一台の列車が停まっている、だけど時刻表を探しても無駄だ、機関車同様それはどこにも見当たらない。巨大な無頭の動物、鉄の時代が生んだこの怪物の胴体は幾両かの寝台車でできており、旅行鞄なき旅人たちのドミトリーとして利用されている。プラットフォームには受付まであり、何から何までホテルのようにしてある。地域通貨をいくらか払えば宿泊可能。寝台車で見る新しい朝の夢と引き換えに、体はあちこち疲れ、まあこの程度かと思うことにはなるが。

この幽霊列車のセットを見ながら脳裏に浮かんだのは、二人の動かぬ旅人だ。いずれも俗人ながら、その心構えとしては遍歴修道士たちの兄弟と呼んで差し支えない者たちだ。列車の硝子窓のなかに、旅する二人の姿を思い浮かべてみる。一人目はマルセル・モース。贈与、返礼、ポトラッチ、オーストラリアにおける死の観念、ひいてはエスキモー社会における季節的変異について、自身はほぼ移動することなくして、豊富な例と共にかくも正確に論じてみせた人物である。二人目はオルフェルト・ダッペル〔十七世紀オランダの地理学者〕。「きわめて特殊な方法で地理学を専門とした」と辞書に書かれているように、アムステルダムを一度も離れることなく、当時の旅行記をたよりに、あくまでも遠方からその記述の確度を見極め、ブラックアフリカに関する最初の著述を残した人物である。

正直なところ、思い返してみればあの駅舎の前でよぎったのはマルセル・モースのほうで、ダッペルの名前が浮かんだのは「アフリカ海岸」にいた時であった。砂丘と渇いた草木が並ぶあの砂原がなぜそう呼ばれているのか、誰も説明してはくれなかったが。

だが言葉はわれわれをめざして旅をする。そう、あらゆる風に向けて蒔かれるものなのだ〔百科事典編纂者ピエール・ラルースの格言は「私はあらゆる風に向けて種蒔く」〕。

鉄の時代

アニエス・カスティリオーヌに

上町と下町、サン＝テティエンヌにはふたつの町がある。この印象は高低差によるものではない（もっとも、目抜き通りにはなだらかな勾配がある。何キロにもわたってトラムの線路が並走する真っ直ぐな大通り、彼方にはレピュブリック峠を望む）、工業の歴史と鉱山都市の面影によるものだ。そしてまた、かつて蒸気によってロッドとピストンを動かしていたのと同じ要領で、今日思い出によって揺さぶられる想像によるものだ。

ふたつの町は文字通り昼と夜ほどに対照的だ。一方にはその昔サン＝テティエンヌが誇った機織り、飾り紐、リボン、そして飛ぶように走る自転車と、かろやかで華奢で、ほとんど軽薄なまでの世界がある。他方には地の底の炭鉱世界、海面の高さまで掘り抜かれた立坑、まっくろけの顔たちが出てくる坑道がある。

手っ取り早く、はじめに小綺麗な邸宅を訪れた。天井が高く、立派な中央階段のある、市庁舎や県庁舎のような佇まいのこの建物は、現在では芸術産業博物館となっている。地下階ではさまざまな形の自転車が展示されている。自転車はその誕生時からすでに時代遅れの乗り物であった。蒸気機関車からかなり遅れて、飛行機と同時期に発明されたのである。時間というのはさまざまな次元で進むうえ、その速度も一定でないということだろう。とまれ、技術について言えることは人の心についても言える。未来を見据えているつもりのユートピア論者には時代遅れの剛情さがあり、反対に、自然派を自称する人々には文明の香りがし、洒落者のように垢抜けた恰好をしていたりするから分からない。

ドライジーネ〔ペダルのない木製二輪車〕は乗り心地の悪いガタガタの木馬のようであり、ペニー・ファージングはなんとも古めかしく、異様に高い前輪と異様に小ぶりの後輪に加え、地面すれすれまで垂れた背骨はまるで恐竜のそれである。まるでそれ自体がひとつの定理の証明のような風を切り裂くフォルムの自転車もふくめて、部屋に展示されているさまざまなモデルは全体として進化大陳列館〔パリの国立自然史博物館の一室。動物の見本が並ぶ〕を思わせる。とはいえ、ここには退化もあるし、鎖の環には欠損もある。コレクションの元であるヴェロシオ〔自転車ツーリズムの祖。本名ポール・ド・ヴィヴィ〕のこの鉄の山は、ダーウィンが思い描いたサルからヒトへの移り変わりよりも波乱に富むものだ。もっとも、技術はおおよそ自然科学と同じ法に従うもの、付属品を継ぎ足すほどに完成は遠ざかり、やがて自転車の違いは微々たるものでしかなくなって、フローティングチェーンや逆回転ペダルが、独立した親指や椎骨の数と同じ意味をもつようになる。ここではモードの変遷も楽しめる。ライディングコートとゴテゴテのドレスがスカートとニッカーボッカーズに替わり、次いでショートパンツとレーサーパンツに落ち着く。これらの服装の変遷過程では神学論争が起こり、見識ある偉才たちが参戦している。自転車用の婦人服に思いを巡らすマラルメは、ズボンとスカートのどちらが良いかという質問にこう答えている。例によって随分と凝った回答だが、牧神の夢を見るこの歩行者には似つかわしいものだろう。「そのご質問の前では、鋼の女騎手たちの前のごとく、私はひらりと身を躱す一介の通行人に過ぎませんが、仮にこの女性たちの動機が肢を露わにすることであるというのなら、私は男児用のズボンではなく、たくし上げたスカート、あの婦人の名残を好みます。とろけるような眩暈に足を取られ、射抜かれてみたいではありませんか。」

この眩暈の恍惚の犠牲者となった自身を思い浮かべ、欲を言えばこの眩惑の虜になりたいと願ったマラルメ。彼は、『エロディアード』に再び着手した当時の往来や駅に貼られていたと思しき広告のうちに、それを見出していたのではなかろうか。種々のブランドや宣伝文句は女性の解放を言祝ぎつつ、余暇と労働と競争の三つ巴を喧伝し、来るべき時代を端的に指し示していた。想像力の翼にのって、広告もマラルメよろしく比喩また比喩を紡ぎ、博物学と神話を呼び寄せる動物たちの名のもとに機械の黄金時代を謳歌していた。自転車にはその性能を売り込むべく、蝶《パピヨン》、蜂《ゲプ》、燕《イロンデル》などの名が冠された。鷲《エーグル》や翡翠《アルキュオネ》なんてのもあり、嵐《ウラゴン》や女神《デース》は風のごとく疾走し、ポイボス〔二輪戦車に乗る太陽神アポロンの呼称〕は安定感のある二輪の新車に悠々と跨る。ボルドー＝パリ、パリ＝ブレストの参加者たちは、走行距離もなんのその、下り坂とあらば息を吹き返し、新型の自転車の力を借りて日曜日ごとに記録を更新していた。

風に煽られる恐れのない競技場の円環と、一切の装飾を剥ぎもはや設計図のような自転車に、スプリンターの胸部にピタッと張りつくシルクのシャツを好む繊細な人々を別にすれば、幸福な時代はほんのひとときしか続かなかったことは周知の通りである。一四年の戦争とウジェーヌ・クリストフ〔自転車選手。一九一三年ツール・ド・フランスで自転車を破損するも、鍛冶屋まで歩き自力で修理〕の壊れたフロントフォークを見るにつけ、どのような逆境の中で現実が鍛えられてきたのかが思い返される。カラフルな広告、風になびくスカートときて、お次の白黒写真が顕揚するのはロードの徒刑囚たちだ。北国の泥土と石畳を耐え忍んだ果てに栄誉に口づけをするパリ＝ルーベ〔パリと北部の町ルーベを結ぶ過酷なロードレース〕の優勝者は、まるで日の光のもとに帰ってきた坑夫のような風貌だ、とはいえ頭にはヘルメットとランプのかわりにサングラスを乗せている。だが真の英雄は山岳にいる。オリュンポス山のごとく聳え立つイゾアール峠を登りきるには、ファウスト・コッピやシャルリー・ゴール〔共に名自転車選手〕のように神に選ばれた者たちでないかぎり、重い翼をはためかせねばならない。平地の主役はアシスト〔エースを補佐する伴走者〕、つまりは水を運ぶ者たちだ。たとえばゴドー某という六日間レースの選手がいた。彼はツール・ド・フランス参加中に姿をくらました。七月のある日のこと、群衆はいたずらに待ちぼうけを食わされたようだった。このとき沿道に居合わせたサミュエル・ベケットは問いかけた。そこで返ってきた答え（「ゴドーを待っているんだ」）が文学史に及ぼした影響の甚大さは、人みなの知るとおりである。

　それからミシンもある。類似や突飛なめぐりあいを愛でる者は、シンガー社が自転車の製造を取りやめた理由を知っている。ミシンとは前に進まない一種のエアロバイクなのだ。サン＝テティエンヌの博物館には数台のミシンが展示されており、これがなんだか紡錘車を回す黒いローブの老婆のようにも、こくりこくりと船を漕ぐパルカたちのようにも見えてくる。

　飾り紐産業の華やかなりし頃、職人の家の子供の眠りを妨げたのはミシンの音ではなかった。それは潮騒や船底のエンジン音のように眠り心地のよいもので、むしろこの音がぱたりと止んだ拍子に子供は目を覚ますのだった。船が帆布を織る手を止めた以上は夢も打ち切りだ。さあここからは御供も音もない、たった一人で闇の奥へ進まねばならない。もう一度眠気の波に攫われて、今日とは違う明日の岸辺に流れ着くために。あそこまで行けばノンストップの連絡船にひょいと飛び乗って、また生に合流できるだろう、やがて糸がほつれるその瞬間までは。

見学者向けに動かすこともある、ただし片麻痺患者のリハビリのように、ほんの数分だけ。その数分間をのぞけば、かつて経糸に緯糸を絡めたこの偉大なる不動の織機は、いまや比喩を生み隠喩を紡ぐための機械となり変わっている。それはときに船舶となりパイプオルガンとなり、さらには音色のない竪琴にもなれば、どうやらエンジニアの資格をもつ蜘蛛にもなる。こういう喩えはみな、ほぼ剝き出しの機械がきびきびと作動し、動力が伝動するさまを人間にまじまじと見せつけていた往時を偲ばせる。ヴォーカンソン〔十八世紀の発明家。自動人形や自動織機を考案〕からジャカール〔十八〜十九世紀の発明家。ヴォーカンソンの織機を進化させたジャカード機を考案〕に至るまで、生命の模倣は必ずしも外見にばかりとらわれていたわけではなく、何事にも起源には伝説がつきものだ。絹の歴史もその例に漏れず、そこでは一杯の紅茶が『失われた時を求めて』のそれとほぼ同じ役目を果たしている。紅茶のおかげで、かせがほつれ、記憶が立ち昇るのだ。館内の片隅のキャプションにはこう書かれている。「紀元前二六四〇年、黄帝の后である西陵氏がお茶を飲んでいると、湯飲みのなかに桑の木から繭が落ちてきた。彼女が慎重に繭の糸をほどいたとき……絹の伝説が誕生したのである。」

サン＝テティエンヌの老人たちは、さすがにそこまで昔のことは憶えていないけれど、彼らは中国の黄帝を見たり、トロイア戦争に参加したり、ホメロスを読んだ経験さえなくとも、この博物館に鎮座していた一頭の馬を思い出すことができる。この馬の剥製はぜひとも今一度讃えられるべきだろう、彼こそは時代の移り変わりを無言のうちに語る証人だったのだから。

生前はクーリオ〔サン＝テティエンヌにあった炭鉱〕の地でトロッコを牽いていた輓馬である。初めてサン＝テティエンヌを訪れた時に最も印象に残ったのは、他でもない、皮帯と鎖で昇降機に吊るされた一頭の馬が炭鉱の奥底へ永久に連れ降ろされる写真であった。恐怖のあまり突然パニックにならぬよう、目には遮眼革を付けられていた。馬はひとたび地底に降ろされると、ほぼ真っ暗闇のなかで回転木馬にさせられた。地下厩舎という名の牢獄で、強制労働をさせられたのだ。それも終身刑である。馬が地上に帰ってきたのは死ぬ時で、その頃にはほとんど目も見えず、体はぼろぼろだった。この馬の写真を見ながら私はニーチェを思った。苦しみの果てに狂いかけたニーチェ、トリノの往来で一頭の馬が鞭打たれるさまを見て慟哭したニーチェ。

今日では廃山となったこの鉱区に足を踏み入れると、まだまだ痛ましい思いに襲われる。二棟の組合の小屋に挟まれた入り口をくぐり、ここではプラートルと呼ばれる、フランス北部で言うところの地上設備《カロー》を見渡すなり、監視塔と煙突がここは陰鬱なところですよと言っている。そんな思いに念を押してくれるのが、通路沿いに備え付けられたシャワー、かつて労働が祀られていたこの大聖堂の雨樋《ガーゴイル》たちである。全体二十世紀の工業地というのはあらゆる収容所にどれほど似通っていたことか、これは筆舌に尽くしがたいものがある。整然と並ぶバラック、線路と貨車、たゆまず燃え盛る溶鉱炉。かくして自然は支配され、生産は合理化され、ここに政治的意図が介入し、精神が失調して狂気が勝ればあとはもう、最悪の事態が待っている。二〇年代の昔から、フリッツ・ラングはそれを『メトロポリス』の舞台に据えていた。映画冒頭の作業班の交替シーンは、お先真っ暗な未来を予告している。背中を丸め、ぎくしゃくした足取りで行進する得体の知れない労働者の群れ、彼らが降りていった地底世界は、神話の怪物にもまして人間の肉体に飢えた巨大な機械たちの棲み家だった。

そのような考えが否応なしによぎるのが吊るし部屋だ。教会の身廊のようでもあり作業場のようでもあるこのだだっ広い倉庫は、坑夫たちの更衣室として、そして地底から帰ってきた彼らの洗面所として用いられていた。タイル張りの床も、じょうろの蓮口のような穴のある金属製の長椅子も、すべては大量の水で汗と石鹸もろとも炭塵を洗い流すための設備である。だが、坑夫たちが入り乱れて笑い叫び、小突き合ってはわめき散らす、そんな光景を今ここで想像することは容易ではない。というのも、この薄暗い部屋の上から横に射してくる光は、今日では心しずかな物思いを誘うばかりなのだから。とりわけ天井を見上げれば、何百着という服が吊り下がっているが、着殺されたあの服たちはだらりと吊るされたまま、もはや誰の体を暖めることもないのだから。番号つきの南京錠に鎖で繋がれたこの世俗の聖遺物たちは、ぼろ切れで編んだマネキンであり（炭鉱の操業中その数は千を超えた）、劇場の簀の子の大道具のように天井に懸けられたマリオネットだ。だがここで演じられていた舞台の名残を留めるものといえば俳優たちの衣装のみで、それも仮面と厚底靴〔悲劇俳優が用いた〕ではなく、ヘルメットにサンダルだ。この俳優たちは、かつては労働教という希望なき宗教の殉教者であったが、今日では復活の失敗を演じるエキストラである。それでいて、往時のままでありかつ美化されたこの感動的な記憶の場に住まう素晴らしき亡霊でもあるのだ。

坑夫たちはこの部屋で、真っ黒になるまで捨てずに着古した服に袖を通すと、最後の煙草をくゆらせながら廊下を抜け、ランプ置き場で重さ二キロのバッテリーをベルトに装着し、坑道から汲み上げた水で満杯の二つの巨大な排水槽に挟まれた鉄橋を渡り、ようやく巻き揚げ櫓の上に辿り着く。ここまで来ればあとは昇降機にニシンみたいに詰め込まれて、秒速何メートルという速度で地下に降ろされるだけだ。彼らはその間、今日のわれわれが覚えるような恐怖心こそ抱いてはいなかったが、それでも一抹の不安は残り、日の光の希望と記憶とを胸に保ち続けるにはこれを拭い去らねばならなかった。かくして坑夫たちは、父子代々この昇降機で地下に降りていった。父と子だけでなく、そこには叔父や甥たちも同乗していたと言い添えねばならない。この地方の姓にあるフレス家の男たちだけでなく（トマ、フランソワ、フランシスク、フェルナン。ランプ置き場には名札が掛けられたままだ）、イタリア人の坑夫もおり、彼らの息子は自転車選手やサッカー選手になった。坑内ガス爆発のような響きの名をもつポーランド人や苦役に慣れたカビール人たちも、代わる代わるこの昇降機に乗り込んだ。

こうして順路を辿る今日のわれわれはといえば、ピカピカの一スー硬貨のように汚れる心配もないわけで、いきおい思い浮かぶのは、ゾラよりもジュール・ヴェルヌ、『ジェルミナル』よりも『地底旅行』のほうである。この小説が驚異的なのは、数字の正確さにもまして（地底の深さ、坑道の長さ、何千トンという石炭の重量）、暗がりのなかに突如として現れる数々の光景である。それらは次いで白日のもとに展開されるが、まるで坑道が数珠つなぎに崩れ落ちるように、異なる時代が交ざり合い、目にしたものと想像とがない交ぜになってくる。かくしてさまざまのことが錯綜したまま思い出される。十歳十二歳の少年たちがトロッコを押してゆく。暑さのために上を脱いだ坑夫らの背中は、経年変化したブラックアフリカの銅像のようにべったりと黒ずんでいる。ランプの灯り、人影また人影がぼんやりと浮かぶ。発破係が離れたところからダイナマイトで岩を爆破する。天井の低すぎる坑道、坑夫たちが首を曲げて横ばいになる。崩壊のまぎわ、大惨事を予告するがごとく坑木の松材が「歌い」出す。天井付近に漂う、空気より軽い坑内ガスがランプの中の炎をぶわっと延ばす。かたや一酸化炭素は地を這い、籠の中のカナリアは声を奪われ、さえずりが途絶える。そして最後に、志願者なのか恩赦を希う普通犯なのか、修道服をまとい頭巾を被った改悛者たち〔坑内ガスの充満を防ぐために火棒でガス溜まりを爆発させる者。フード付きローブを着ることから改悛者と呼ばれた〕が、火のついた棒を手に、ガス溜まりに出くわさないよう祈りつつ闇をゆく……。

陽のもとに戻ってくると、晴天なら軽く目はくらみ、視線はボタ山《テリール》に向く。テリールというのは他所での名称で、ここではミション〔鉱山跡一帯の地名〕鉱滓山《クラシエ》と呼ばれるふたつの山が並んでいる。炭鉱の閉山から三十年このかた、この偽物の火山は消え残り、ゆったりと燃焼し続けている。これら炭塵のピラミッドの中に幽閉されたガスと石炭のためだ。これではあまりに物寂しいということで、山の中腹にはアカシアの木が植えられている。未来永劫続くものを、鉄のように堅く信じることはもうできなくとも、それでも人は木を植えるのである。石炭は、向こう三億年はお預けだ。もっとも、そのためには大地が黒いダイヤモンドを産むのに専念できる環境を整えてやらねばならないが。この黒いダイヤはかつて坑夫たちを漆黒の化粧をしたピエロに変え、彼らの澄んだ瞳はいつ何時も天然のコールで隈取られていた。ただし祭日と聖バルバラ祭〔毎年十二月にサン＝テティエンヌで行われる炭鉱記念祭。聖バルバラは坑夫の守護聖人〕だけは別で、鼻頭を鏡にぐいと寄せ、顔のすみずみまで綺麗にした。坑夫にとってこの期間は、万人の顔に戻るという至高の贅沢の許された、さかしまのカーニバルであった。

プラトンの夢

昼は光の井戸に照らされ、夜は意味のないイメージ（急流、森の木々、走る人々、横滑りする車）や、たばこやビールや麺類の宣伝広告のイメージを映すネオンに照らされる洞窟。滝のようにながれる光と、数字のつらなり。これと決めて選んだ宝くじの番号のようでもあり、金の子牛が唱える連祷のようでもあり。

だだっ広い遺跡発掘現場。掘りに掘って出てきたのは、無に捧げられた数百の寺院。

暴君のための土地の地図。曲線が排除されているのは、彼の我儘か、それとも恐怖の表れか。

正方形の自然、立方体の自然、峡谷のような街路に四角く区切られた自然。

巨大なルーペの向こうに展示されている幾多の鉱物。いずれも切子面や鋭利な角がよく見えるようにカットされている。

河口に造られた岩の障壁。そのありかを示すのは、松明をもつ一人の寓意。ただしその松明はついぞ灯されたことがない。

うなるサイレン、くるくる回りつづけるヘリコプター、災害に備えて建てられたこの街の、至るところに非常階段。

二枚の像が、ぴたりと重なり合うことなくさまざまに形を変え、見る者の心を惹きつけてやまない。そんな不思議な立体視が生んだこれらニューヨークのヴィジョンはみな、照明が落ちると同時にぱっと消え失せてしまった。ユダヤ博物館のモノクロ写真の前で、二十世紀中葉のヨーロッパを吸い込んだあの巨大なブラックホールはいったい何だったのか、(ブダペストやポーランド、バルト諸国を訪れた時と同じく)相も変わらず理解しようとしていた時のことだ。

向こうで「ブラックアウト」と呼ばれているものが起きた瞬間である。北米の一部で電気が断たれた大規模な停電であった。私はマンハッタンにいた、うだるような八月の午後四時、地下鉄は一駅また一駅と閉鎖され、車は数珠つなぎに停止し、普段は愛煙家ばかりがたむろする建物の前で鈴なりになるサラリーマンたち。人々の訝しげなまなざしを横目に、ブルックリンに泊まっていた私は、電気がすぐに復旧しないらしいことが判明したので（丸二日かかった地域もある）、対岸へ渡るべく、群衆をかき分けて橋をめざした。

立ち往生するこの群衆は端的に「人の波」としか言い表しようのないもので、隘路に溜まって広がりたくとも広がれない水のように、歩道も車道もなく四方八方に溢れかえっていた。ひたむきに前に進むもいまだ橋の中程にも辿り着かないというあたりで、引き返したほうがよいという声が聞こえてきた。真偽も不明ならどこから来たのかも誰も知らない情報が、しかしわれわれの誰より早足でやって来た。

もう一度この橋を渡ろうとしたのは、それから一時間後のことだ。ふたつの島の間に架かるこのネオゴシック建築の橋は、まるで屋根のない教会の身廊のようだが、ただしこの身廊は狭くて揺れる。見れば、いくらか隙間の空いてきた群衆のなかに（とはいえ、周りがいつパニックを起こしてわっと動き出すか分からないのでみな気を張ってはいたが）、カバンのバンドを安全ベルト代わりに巻いた短パンに肌着姿の男性や、どうにかこうにか自転車を運ぶ男性、子供の車を押す女性、コントラバスを前に転がして運ぶ音楽家、アマチュアの写真家、そのすぐ後ろにジャーナリストのカメラが続く。袋網のなかの魚たちだ。というのも、橋に張り巡らされたケーブルは巨大な網を思わせるのである。実際、この橋の建設工事中には設計者と多くの潜水士が命を落としている。振り返れば網の向こうにマンハッタンが、そして日が暮れゆくのが見えた。反対側はもうじき夜だった。ここまで来ればあとは広い大通りを歩いてゆくだけだ。次第に薄暗くなる通り沿いでは、店番が手動で鉄格子を降ろそうとするなか、警官が歩いて帰宅せねばならない人々に水を配っていた。

この日の夕暮れはひとつの僥倖であった（現代社会における停電は古代文明における超常現象に相当するのだから）。いまでも目に浮かぶのが、橋の欄干に立っていたサックス奏者の姿だ。彼は歩く群衆に向かって不意にサックスを吹き始めたのである、まるで彼らに魔法をかけようとするかのように。勿論それは運命を占う楽器でもなければ、彼は魔法使いでもない、だが私はこの音楽家の香具師を、鼠を川へ誘導して街をペストから救ったハーメルンの笛吹き男の悪意なき末裔と考えるにやぶさかでない。街の住人たちは約束の二十デュカートを払うことを拒んだので、笛吹き男は子供たちを洞窟に連れ込み、そのまま一人も帰って来なかったのだけれど。

この一日はまた、プラトンの夢のようでもあったと思う。それは人類の運命をいくつかの場面に約《つづ》めたような夢で、はじめに比喩《イメージ》の洞窟があり、そこから日の下に出て橋を渡り、夜になれば対岸に帰ってゆくというものだ……。

オーダーメイドの幻想

旅先でエキストラを演じることがよくあった。誰にも気づかれないように人ごみに紛れてみるのである。その土地土地の色に身を隠し、自身の王国をお忍びでぶらつく王様のような心持ちで。とはいえ背後からフランス語の切れはしが聞こえてくるとそんな幻想も消え去り、突如として一観光客の身分に引き戻されるのだが。もっと限られた集団のなかで演じたこともある。こちらの素性を明かしたうえで閉じた輪のなかに入れてもらうというのは、なにか特権的な気分がするものだ。

ダルウィーシュたちのもとで、彼らがクルクルと回るのを見たことがある。星々を巡らす神の見えざる手が放った独楽のようだった。京都郊外の競輪場で賭博師たちのなかに紛れ込んだこともある。茶会で初心者らしく見よう見まねでお茶を飲み、何かを心得たような顔をしてみたこともある。ブルックリンの囲碁クラブの面々と夕食を共にしたこともある。スーフィー〔イスラム神秘主義者。アラビア語で「羊毛を着た者」の意〕の羊毛服や戦闘員のクーフィーヤ〔アラブ人男性が頭に被る装飾具〕を身につけたこともある。パルミラの夜では、道端で喉を切られたばかりの羊のモツを焼いて食べたこともある。慎重さの残滓さえなければ、エチオピアの丘の頂で生肉だって食べられただろう。それはまだモワモワと湯気たちのぼる臓物で、獣の肉が鉈で皆に切り分けられるなか、童子たちが血の滴る残片を空に放り投げてハゲタカを追っ払っていた……。では最も奇妙な体験はといえば、これが表立って興味を引く代物ではない。なにしろそれはモントリオールの、スリ・オーロビンド〔十九～二十世紀インドの宗教家。本名オーロビンド・ゴーシュ〕の崇拝者たちのセクトの瞑想会なのだから。

　梵語で「蓮」を意味するその名とは裏腹に、オーロビンドは賢者になるべく、まして指導者《グル》になるべくして育てられたわけではない。ベンガルの由緒ある家系の子孫で、心のバランスを崩しやすい母と、自身の文化に背を向けた医師を父に持つオーロビンドは、七歳の時にマンチェスターのある一家のもとに送られた。その家は彼にインドの影響を一切受けさせてはならないと命じられていた。マンチェスター、ロンドン、ケンブリッジと次々に輝かしい成績を収めた彼は、インド文化よりもギリシア・ラテンの古典学に関心を寄せていた。

インド高等文官の採用試験を受けるまで（馬術試験に遅刻したために落第したのだが、おそらく故意に遅刻したものとみえる）、彼は梵語のボの字もベンガル語のベの字も知らなかった。

祖国に戻ったのは二十歳の時で、その直前に父は他界していた。一八九二年から一九一〇年にかけては、イギリス占領軍への抵抗運動に極めて活発に参加した。抵抗手段である言葉と文書は次第に過激さを増し、国民感情の萌芽を大いに促しただけでなく、彼と同じくインド独立の未来を信じ、運動を急進させるためなら何でもする数名の同志と共にテロ行為に及ぶきっかけともなった。一九〇八年には過激主義者として数カ月にわたる獄中生活を余儀なくされている。

これと並行して文筆活動もたゆまず続けていたオーロビンドにとって（うんざりするほど大仰な詩を英語で書いている）、インドへの帰国は、ヴェーダーンタ、ウパニシャッドという偉大な古代文献と霊性を発見する契機となった。この霊性の発見はそれなりに豊かな内的体験であったことが、今日刊行されている資料から窺い知れる。雑多な覚書や著作や手帳に加え、無数の書簡が遺されている。その宛名はほぼオーロビンドと同じ屋根の下で暮らしていた人々なのだが、この者たちは十二年もの間、年に三度しか彼に対面する権利がなかった。

オーロビンドは休みなく執筆を続け、とりわけポンディシェリ〔インド南東部の町。当時はフランス領〕に亡命した一九一〇年以降は筆に拍車がかかる。もう一度御用になるくらいなら、と考えて亡命を選択したのである。カルカッタから遠く離れたフランス商館を終生の隠れ家とした彼は、そのカリスマ性とかつての同志たちの度重なる呼びかけにもかかわらず、闘争活動に終止符を打った。彼にはインドはまもなく自由になると確信できる未来が視えていたのだ。それゆえ雑事は他の者に任せ、自身はフランソワ・マルタン通りからマリーヌ通りへと居を移しつつ、自宅に籠って精神の改善（一言でいえばヨーガ）に専念することができた。

一九一四年、ポンディシェリに住む彼のもとを一人のフランス人医師が訪れる。リシャールという名のこの医師は、オーロビンド個人の責任編集による雑誌を刊行することになるのだが、これがなんと毎月六十頁におよぶ「哲学」雑誌だという！　リシャール医師は一九二〇年の二度目の滞在時に妻を同伴してくると、この妻は以降オーロビンドのもとを離れることなく、彼よりも二十年ほど長く生きた。ユダヤ人の父とイスラム教徒の母（ただし二人とも無神論者）を持つトルコ系のミラ・リシャール、彼女はインドの母神シャクティに照らして「マザー」となった。「スーパーマインド」を探究するオーロビンドの傍ら、彼女の影響力と支配のもとで、彼の住まいはいつしかアシュラム〔ヨーガの修行のための道場〕に、彼の人生は伝説に変わった。そこからはもう、神秘的な力を持ち、神と繋がっているとされる人々にありがちな虚仮おどしのオンパレードである。人前に姿を現さないほど威信は高まり、何も言わなければ賢いお方だと持ち上げられる。謎めいた返答に弟子たちは酔い痴れ、何の変哲もない言葉もお告げのように響く。オーロビンドが死んだ時にはその体がまばゆいオーラに包まれるのを見たという者たちまでいて、しかも遺体は死後何日も経ってからようやく腐敗が始まったのだとか。要するに、こうした生ける偶像のもとにはこれでもかと迷信が集まってくるわけだ。当の本人がそれを黙認し、皮肉がもはや解毒剤にならないような状況下ではこういうことが起きるのである。オーロビンド亡き後、彼の聖遺物をよすがとしてセクトは存続し、マザーの手によってファランステール〔十九世紀のユートピア社会主義者フーリエが構想した生活共同体〕と天上の国を思わせるオーロヴィルの設立に至る。もっとも、霊的なものの希求と社会主義ユートピアを擦り合わせようとする動きは今に始まったことではないが。

その昔ある人と、若気の至りだったのだろう、親しくなって、モントリオールに遊びにおいでと言われていた。迷った挙句、誘われてみることにした。現地で待っていたのは半狂人であった。説教臭い本と霊気漂う絵に囲まれて起居し、甘ったるい教訓ばかり吐く。ある夕べ、この人と連れ立ってオーロビンド・センターを訪ねた。サン＝ドニ通りに並ぶひときわ立派な屋敷のひとつで、いかにもな香の匂いが立ち籠めていた。鎧戸を閉め切った部屋（ピアノの置かれた立派なサロン）に信者が集まって胡坐し、エネルギーを循環させ、あわよくば神を招き入れるということを週に一度やっている。壁に掛けられたオーロビンドとマザーの巨大な肖像が見守るなか、参加者はみな祭壇のほうに体を向けている。垂れ布の掛かったその壇上には、奇妙なトロフィーが安置されていた。どことなく男根を思わせるつるつるした大理石の像で、その上部にはオーロビンドの小爪と数本の髪が入っている。心霊生活には足の痺れや老化を防ぐ効果はないようで、一人だけ椅子に座っている女性がいた。この施設のマザーにあたる人物だが、後で聞いたところによると、どこまでも裏工作に長けた、嫉妬心と所有欲の塊のような女だという。ひどい言われようだが、少しも驚くには値しないと思われた。というのも、清浄な、一見すれば瞑想的な雰囲気のなかで暮らすこの者たちが愛する人類とは、顔を持たない有象無象のことなのであり、彼ら自身、誰より傍にいる人や友人とされる人々とさえ分かり合うことができずにいるのだから。

施設を後にしてサン＝ドニ通りを渡り、朝方に見かけた看板のほうに歩いていった。「オーダーメイドの幻想」と書かれている。調べたところ仕立屋の看板と分かったが、残念ながら店はもうやってない。残念というのは、刺繍や可愛らしいボタン、寸法直しや透かしプリーツをたよりに、向かいの屋敷に集う目に白粉を塗った幻想家風情よりも控えめに日々の暮らしを彩ってみせようと決意したその職人はいったいどんな人物だったか、一度会ってみたかったのだが。

世界に似たひとつの世界

……連れ立って歩く二人の後を、少し離れて庭師たちがついていった、彼らの足跡を熊手で消しながら。
——サン＝シモン

この世界のようにどこまでも小さくて大きな、母の日本庭園は、裁縫机のうえに置いてあった。

五〇年代に日本庭園と呼ばれていたそれは、どの家にもあるような小洒落たインテリアで、いかなる風景論とも、まして昔々の師家の教えなどとも何の関係もない代物である。微細な砂利の入った陶器の飾り鉢で、その色鮮やかな地面には鏡で作られた川がうねり、小径のうえには人形が置かれていた。着物姿の女性だったかもしれない（定かではないが）、紙の日傘を差していた。彼女が恐れていたただ一筋の光、それは本を読むにも心許ない食堂のランプの灯りだったが。

一見したところ特筆すべきものでもないが、このオブジェのおかげで、日本という国は庭園とひとつになって私の想像のうちに入ってきたのである。それはどこにもない国、はじめから依然として実在しない国であり、往古の新聞の雑報欄には、浮島や木の葉や魚の形をした国などと記されていて興が湧く。やはりこのオブジェのおかげで（その隣には貝殻が置かれていた。隈取られた裂け目を耳に当てると潮騒が聴こえてきた）、広大な空間とて掌に収まり得るということを、私は自分でも知らぬ間に確信していた。ヴィヴォンヌ川の水源の洗濯場〔プルースト『失われた時を求めて』に描かれるヴィヴォンヌ川の源泉は、語り手の想像とは異なる小さな洗濯場のような場所だった〕の話や、マルセル・グラネ〔十九〜二十世紀の中国学者〕の「世界のすべては世界に似ている」という目の回るような寸言を読み聞きするよりも遥か以前のことだ。

裁縫机のうえに置いてあったがために（この机は蛇腹式に開くもので、私が屏風やある種の書物のように折り畳まれるものを見境なく愛するのは、あるいはここから来ているのかもしれない）、このオブジェは女性の官能の世界と永久に結ばれてある。それゆえ私は毛糸玉や編み針や針山などを見ると、そこに歌麿の版画や今でも京都の夜祭の街路で時折見かけるような日本人女性の入り組んだ黒髪のイメージが重なってくる。うなじの上で反り返らせ、長い簪を何本も挿し、巧緻に結われた女たちの髷は、灯下に置いてあった、あるいはフィロデンドロン〔観葉植物〕の影に覆われていた縫いかけの編み物を思わせる。私にとってあの編み物のなかには、触れることはできないがしかしすぐ傍にある女性の世界のすべてがあった。手に入れたくて仕方ないのにどこまでも禁じられたものが、そこにはあった。

それからというもの私の趣味はこの幼年期の印象に沿って発展を遂げた。ただし方向性に変化があった。他にもさまざまな経験を経るにつれ、次第に芸術を価値判断の基準とするようになっていった。助平な趣味だと思われぬよう、時々そうして世間の目を欺くようになったのである。世にも軽妙にして美の極致に達した日本のさまざまなものを前にすると、布地や毛糸のかせや女性の髪に覚えたあの感情が今も鮮やかに甦るようだと言っても的外れではない。私の記憶は手芸道具と美容道具を、筆記用具と化粧用具を見分けることができずにいる。

あれは偶然の賜物だったのか、はたまた目の前の道に撒かれた白い小石を拾いあげるように、出発前に聞いた助言のひとつが道標となったのか。いずれにせよ、初めての京都滞在はついていた。最初に訪れたのが詩仙堂だったからである。

京都では無数の寺社と庭園が街全体を括弧でくくり、時のながれそのものを堰き止める一方で、モダンな都市と豊かな自然の橋渡しを担っている。寺と庭は人々の住まう空間と、大概どこからでも目に入る緑に覆われた山々を密に取り結ぶ緯糸となっているわけだが、分けてもここ詩仙堂は京都という土地の精神を凝縮したような、どこまでも繊細にして揺るぎない魅力に溢れた寺である。

細い坂道をのぼっていくと竹林に挟まれた入口があり、これが迷路のように曲がっているのがよい。障子の向こうにまず庭園の一部が、次いで全貌が見えてくるにつれ、目が慣れ心が整うのがよい。地面から一段高くなっている母屋の床にあがると、そもそもこの寺自体が丘のうえにあり、いましがた靴を脱いだこともあって、体がふっと浮かぶ感じがするのがよい。薄暗がりのなか、背景を金に塗った三十六人の中国の詩人の肖像画に頭上から見守られているのがよい。楼上に造られた月見の間がよい。ここの環境に見合った大きさの滝の、あるかなきかの水の音が。小径をそろそろと歩いていったその先に、やはりと言うべきか佇んでいる離れの茶室が。かつては野獣を追い払うためだったという、水の満杯になった竹筒が軸を中心にくるんと回り、大きな石を打つ乾いた音が……。しかしながらこれら一切のものは、この庭でひとつに和して息づくために設えられたのでなければ何の意味も持たぬだろう。そう願った作庭家の魂は、ひょっとすると今も躑躅《つつじ》の植込みの辺りに漂っているのかもしれない。石川丈山と呼ばれた、江戸時代の浪人である。

丈山は十六歳の若さで徳川家の近侍となった。ほどなく徳川は将軍となり、以前自らの地位にあった有力者を一族郎党根絶やしにかかる。丈山の母は東京から、といって当時の東京はまだ江戸と呼ばれていたが、息子に宛てて、戦ではその身にふさわしい振る舞いを心がけるようにとの手紙をしたためる。自ら殺戮に手を染めて身を落とすなかれという意味であったが、半端な真似のできない丈山はすぐさま先登を切って幾人の敵を手にかける。合戦の陶酔を知るには千載一遇の好機であった。世の習わしとは反対に、彼は武勲を挙げたがために寵愛を失ってしまう。私には鎧兜を床に置く丈山の姿が思い浮かぶ。それは正真正銘の甲冑、見事な武具で、こういうものを見ると巨神族《タイタン》とは虫たちのなかに存在したのだなあと思う。ただしこの巨神族には気品があり、彼らの兜の前立ては世にも美しい黒塗りの触角で飾られている。そしてこの巨神族には脆さがあり、彼らの胴囲りは堅牢だが中身はからっぽで、まるで交尾のあとの蟷螂《かまきり》の雄のようである。

丈山は妻を娶ることなく、広島の領主に十五年間仕えつつ、中国の古典を修めることに専心した。詩仙堂の設計図を描いたのは、一六四一年、実の母が没した後のことであった。晩年の彼はここ詩仙堂で詩を詠み、また、死ぬことを学んだ。戦の神々が与えてくれた時間だった。友人を招いて茶会を開き、雨後の苔のような抹茶を飲みながら余生を過ごした。

私が丈山について知っているのは、彼が死の床で遺した次の隻句だけである。こうして詩仙堂を訪ねてみると、耳を澄ませば聞こえてくるようだ。「賢者でさえ過ちを犯すことがある。私ごときの過ちなど、どうかご寛恕願いたい。」

丈山から遡ること一世紀、千利休は、われわれが不当にも式典《セレモニー》などと呼んでいるものを編み出した。今日まで受け継がれている茶道のことである〔茶道は仏語で cérémonie du thé（茶の式典）〕。編み出したというよりも、新たな意味を授けたと言うべきか。利休は、それまで茶道の存在理由を見失わせていたこれ見よがしの華侈や華飾を剥ぎ取り、選りすぐりの簡素な茶器で客人たちをもてなした。客人たちは彼のもとで無我の境地に至り、茶道のいろはに立ち戻ることを受け入れた。利休がめざしたのは、緑色の粉末を澄みきった水で溶き、世界一の茶を点てることではなかった。そうではなく、この世界のように変わることなくかつ移ろいやすい時間を、またとないこのひとときを、儀式という枠組みのなかで味わうことであった。数にして七つ、彼が残した七つの心得はそれゆえ、察することと敬うことを人に求めている。どの心得も謎と明快さを併せ持っているのだ。「茶は服のよきように点て。炭は湯の沸くように置き。花は野にあるように生け。夏は涼しく冬暖かに。刻限は早めに。降らずとも傘の用意。相客に心せよ。」

利休の教えは今日まで受け継がれており（彼の遺産を分有する流派が三つ存在するのである、まるで生け花の三本の枝のように）、六十九年にわたる彼の生涯は無数の逸話に彩られている。いずれもが師匠と弟子、君主と農民の立場が入れ替わるような作り話である。蟄居の身となった利休は椿を愛でたという言い伝えもある。その理由は、椿の花びらは一度に散るからだとか。

利休の十五人目の後継者にあたる裏千家の当代家元にとっての庭とは、日本語で露地《ろじ》という小径、字義通りには「露で湿った地面」を通って客が茶室に至るための場所であり、それ以外のいかなる役割も持たない。軽い食事を済ませ（禅僧が空腹しのぎに懐に抱いた温石よりもなお軽い食事を済ませ）、準備ができると数人だけで茶器の前に集う。茶器の配置は考え抜かれており、ここにはまるで世の理の根源があるかのようだ。とはいえ茶道にはつねに余白があり、折節にゆだねるところがあるので、茶器のみならず竹の花入れに生けられた草花にせよ、埃を払い心を清めた茶室に掛けられた詩句にせよ、供される食べ物やお菓子にせよ、時候に合ったものが選ばれている（ちなみに街頭でも同じ菓子が二月と並んでいることはない。真冬には黒っぽい餡、酷暑の頃になると半透明の白いゼリーが売られている）。

茶碗を温めて釜が沸く、あとは高価な抹茶を茶筅で泡立てるだけ。緑色と苦味とに、きりりと気が引き締まる。茶碗を片方の掌にのせ、もう片方で手前側に四分の一周ずつ二度回す、それから、同じだけ反対周りに茶碗を回して床に置き、極薄の布で茶器を拭うのが飲み方の作法だ。退室し、来た時と同じ道を引き返す（秋は落ち葉を掃いてある）。草庵を出てみれば、ほんの数歩でずいぶんと遠くまで来たものだと思う。世捨て人の孤独を分かち合うために、はるばるこんな隠れ家まで。鴨長明もまたこうした庵をむすび、没後にまとめられることになる随筆をしたためたのだった。

庭園といえばきまって座禅を組む坊主を思い浮かべるわれわれ西洋人にとっては、そんな通念をこころの門前から一掃するという意味でもこれは良い機会である。瞑想と聞けばつい修行僧の心構えのようなものを連想してしまい、まして人は楽しみながらでも心を鎮めることができるなどとは考えもつかないわれわれにとっては。

「私にはほんのささやかな才があります。山岳を再現してみせることができるのです。」

編年体で綴られた『日本書紀』が伝える六一二年のこの言葉は、病で顔の歪んだある朝鮮人のものである。この人は日本に留まることを望んでいた。この国のために多大な貢献をすると誓うので、人々は彼を追放せずにその言葉を聞き入れた。そうして彼はのちに「路子工《みちこのたくみ》」という美しい渾名を与えられた。

名もなき朝鮮人（西洋でいえばイソップのように醜く抜け目のない男だったかもしれない）の残したこの僅かな言葉が、途方もない結果をもたらすことになる。それはこの国に千年以上前から伝わる造園術の起源となったのである。事実、七世紀最初の四半世紀からすでに、皇居の南庭には須弥山に見立てた山が聳え立っていたという。

たとえ筋のよい人でも、ただ単に石を組み合わせたり、島のぐるりや川の深みを描いたりするだけではまともな風景は作れない。完全無欠と思えるほど見事に完成された庭園を前にしたとき、このほんの小さな庭には広大無辺の空間が収まっているのだと感じられるとき、そこに偶然や気まぐれの入り込む余地はほぼない。たとえ正しい選択を行うには作庭家の直観が物を言うとしてもである。今日まで愛されている庭園の大半は、遠く離れた土地の景色に着想を得たものであるか、さもなくば名勝地を下敷きにしている。かくして庭園は、その風景を見に行ったことのある者にとっては記憶を呼び覚まし、見に行ったことのない者にとっては思い出を作り出す場となっている。要するに庭園とは眺望なのだが、それは視線を遮る障害物を、端的に言えば周囲の目障りなものを綺麗さっぱり剥ぎ取って簡略化された眺望なのである。天橋立の風景がその良い例で、天に架かるという浮橋を一目見ようと観光客がわんさと押し寄せるあの保養地よりも、桂離宮にあるきわめて洗練された見立ての橋のほうを好む権利がわれわれにはある。世にも名高い庭園書〔『作庭記』。著者は平安中期から後期の貴族、橘俊綱とされる〕の著者も許してくれるだろう。彼は十一世紀末頃には早くも、自然の風景よりも再現された風景のほうが興をさかすと評していたのだから。

日本の庭園史はそれゆえ絵画史と分かちがたく結ばれており、風景の構成や前景・中景・後景といった庭園の核となる原理原則は絵画史から取り込まれたものである。突飛な喩えかもしれないが、庭園とは部分的には都市景観図《ヴェドゥータ》〔都市風景を描いた絵画。十八世紀ヴェネツィアで隆盛し旅行土産に好まれた〕なのだ。このジャンルにはこのジャンルの様式美が発達しているが、同様のものが世界各地で認められたとしても不思議はない。なぜなら狩野一渓が一六二三年の論〔『後素集』。日本初の画題集成〕に記しているように、いつどこでも肝要なのは「複製に手を加えて手本を永遠に生かす」ことなのだから。

とはいえ日本庭園はこの不易の掟に、ひいては絵画そのものに、あることを付け足している。四季の移ろいと気候の変化である。毎年のように目まぐるしく巡る色彩、予期せぬ雨風、晴天と曇天の戯れ……。

こうなると、もはや戸外の景勝地と囲いの中の見立てはひそかに連動しているようにも思われてくる。一方で花が咲けばこれに応じて他方でも花が咲き、両者が離れた場所にあり季節が異なるときには、こちらに遅れてあちらでも花ひらく、というように。自然と人工が織細に縺れ合う、東京にもこれに準ずるものがある。根津美術館のあまりにも有名な燕子花《かきつばた》の屏風（金地のうえに花の川が流れる、光琳による江戸時代の作品）は、その開花時期にだけ公開されている。

「過剰が混沌を生み、欠如が統一を乱すなら。過剰も欠如も無用である！」

これも一六二三年に狩野一渓が絵画について語った言葉であるが、この掟は作家にとっても作庭家にとっても有益であろう。ここで表明されている理想は、見せかけのポーズではなく、均斉を求めるすべての人間が弁えているものである。ともすれば傾きやすくいつ崩れてもおかしくないこの均斉を保つためならいかに中庸な姿勢を取ることも厭わないすべての人間にとっての理想がここにはある。有無を言わさぬ一渓のこの言葉はまた、卜部兼好が『徒然草』に綴ったことの延長線上にある。兼好は悪趣味なものごとを諧謔を交えて列挙している。「居たるあたりに調度の多き、硯に筆の多き、持仏堂に仏の多き、前栽に石・草木の多き、家の内に子孫の多き、人にあひて詞の多き、願文に作善多く書き載せたる。多くて見苦しからぬは、文車の文、塵塚の塵。」

龍安寺の簡素な構成もまた、かかる精神の産物であるように思われる。ここには何もないように見えて何ひとつ欠けたところがない。これこれの作品には気韻生動〔芸術に気品が生き生きと感じられること〕がある、などと言う人があるが、そういう決まり文句はいつも、傍目にはハァそうですかというか、どうにも響いてこなかったりする。しかし、この「石庭」を前にすると、そんな文句もストンと腑に落ちる。心のなかの世界と同じ広さのこの庭で、人は始まりも終わりもない旅をする。庭の奥の壁のその向こうに、視線はなおも続いてゆくからだ。

そう、眼前に並ぶこの色と形を通じて（そうすることでしか明かされない）真諦〔究極の真理〕と呼ばれるものを掴めるようになる。色と形はいま白地のうえに刻まれて、無言の詩となった一枚の絵画のようである。俳句の十七音もまた白地（無垢という意味ではない）のうえに刻まれて、一度に十四個しか見えない十五個の石のようである。頑なな西洋人でありながら東洋に明るいクローデルは、この色と形の教えに通じていた。彼は世に氾濫する生気のない灰色の詩文に憤り、こう断言している。つまるところ、詩とは極細の筆先に滴る漆黒のなにかであると。

龍安寺では自然と人工の間の差異という差異が消し去られている。ひとつだけ見えない石があるというのは（見えなくなる石は見るたびに異なる）、何人も風景を支配〔原語の dominer には支配する、および一望に収めるの意がある〕できないという意味だ。風景はパノラマの対極にある。風景とはむしろ心象、対峙する心を静めなければその中に分け入ることはできない。少なくともかつてはそういうものだった。往時の人々は石に無理に語らせることをせず、ただ大きくなってゆく石の音に耳を澄ませていた。というのも、今日では音声案内が設置されているのだ。これは鐘楼にテレビアンテナを設置するようなものである。西洋を受け入れて以来、日本人は説明を必要とするようになってしまった（世界を受け入れて以来、ではない。世界は初めから彼らの前に洋々と広がっていた。右手には茫々たる太平洋があり、左手には交易の絶えない中国と朝鮮があった）。

さて来訪者が音声案内から得られる情報はといえば、その実どのガイドブックにも書かれているような事柄であり、このガイドブックというものにしても見るに堪えない馬鹿げた写真で埋め尽くされつつあるという有様である。庭全体を一望に収めんとする写真があるが、これはまるで世界を歪めて見せる鏡を用いて撮影されたかのような代物だ。まずい写真がすべてを台無しにするというわけではないが、それが世界中に広まるとなると話は変わってくる。庭の輪郭をゆがめて歪曲し、力づくで作り出したまやかしの眺めを拡散してしまう写真《クリシエ》。要するに、精神を損ねる写真はまずいということだ。

陰と陽、と言ってもいい。この二語はもはや世界中に知れ渡っているのだから。いずれにしても月と太陽、銀閣寺と金閣寺は東と西、この街をめぐる双星の耀映である。

銀閣寺は、当初の構想とは異なり、その名を負う貴金属で箔押しされたことは一度もない。それは幸運なことで、銀箔は不在ゆえに輝く。銀箔の代わりに雲があり、冬は雪があり、江戸時代に作られた砂の庭園がある。中国に実在する湖を象った庭園である〔銀閣寺の砂盛「銀沙灘」は中国の西湖を模したとされる〕。その隣には抽象的なフォルムの山があってこちらは富士山を思わせるが、ただし万年雪を冠っていない無帽の富士だ。正確には山と言うより円錐台なのだが、その完璧な造型は立体幾何学の教材にふさわしかろう。

ただし六月の土砂降りの頃は別だ。雨上がりの庭は目も当てられない有様で、砂の城にはざっくりと亀裂が走り今にも崩れ落ちそうな気配、そんな砂城を囲む庭園はさながら海景の趣である。それは水と風が物の数時間のうちに造り出した海で、海岸沿いには河口をもとめる川が刻んだ凸凹が筆のようにさらりと描かれている。川はまるで時に急き立てられるようにして、流れるそばから干上がってゆく。

だが砂は熊手で均され、やがて月影を受け容れる。冷たい星が再び輝き出す明るい宵、街の反対側では、けばけばし過ぎた金閣の残炎が暮れてゆく。

思い出と夢の混じり合うこの薄明に包まれ、庭園はいま真の意味で記憶の場となる。どの国のどの庭園でも同じことだろう、しかし、大陸の湖と半島の中央に聳える霊山とが隣り合うこの銀閣寺はその点頭ひとつ抜きん出ている。幾星霜の隔てる事象たちがイメージとなって出し抜けに出くわす場所。ここは記憶のなかと寸分違わない。

「石庭」〔仏語では jardin sec（乾いた庭）〕という言葉に騙されてはいけない。そもそもどの石の下にも苔が生えており、ともすれば灰色に埋もれてしまいそうな苔の周りには深みのある色調が揺らめいているのだ。そのうえ日本では、ひとえに緑といってもありとあらゆる色相が育ち、また乾湿の幅も大きい。龍安寺といえば石庭と相場は決まっているが、寺院の北側にもこぢんまりとした庭があって、生い茂る緑の管理用にと貯められるだけの水が貯めてあるのだ。もひとつ言えば、この乾いた庭というものにしても、河川を曲げ池を掘って造られた風景の一部を成していることに変わりはない。龍安寺では泥土の中で伸びた睡蓮が水面すれすれに花ひらいている。

街のはずれ、まだかろうじて田舎が残存する高台にある円通寺でも具合は同じである。江戸時代の天皇が建てさせたかつての別荘だという、この人は真昼に南中する陽の眺めにも倦んでいたのだろう。寺の南側には平野が広がり、今日では無秩序な建物と重工業施設が建ち並ぶ。ここ円通寺は日本人が借景という観念で呼び習わすところのものを完璧に体現している(他に類を見ないと寺の人は言う)。借景とは近景と遠景の戯れのこと、周囲の自然を切り取って視界に収める、すると自然もまた芸術の一効果を生むべくそこに在るかのように見えてくるというわけだ。事実、横一直線に続く生け垣の向こうには手前の山の輪郭が浮かんでいる。時刻によっては緑っぽくも青っぽくも見える山、その曲折した稜線を三本の大樹が真っ直ぐに支えている。逆光で暗い木の幹は、自然を寺院に喩えたボードレールの言う「生ける柱」を思わせる。そう、借景に比肩するものを西洋に見出すには庭園よりもむしろ詩に当たるほうがよかろう。あるいはイタリア・ルネサンスの画家たちによる受胎告知も悪くない。前景には未来の産婦の寝室があり、遠景にはなだらかに起伏するトスカーナの山の端。とはいえこの寺では子供の生まれる予定はない。ここでは世界を救うのは人の姿をした神ではないし、まして苔むしろの地面に降り立つ人物などあるはずもない。苔庭の左手、紅葉のぎざぎざが軽やかに揺れる葉影では、石が寝そべるような恰好で横たえてあるばかりだ。

庭園を周囲から切り離せば、それがより大きな全体の一部であることが見えなくなってしまうだろう。乾いた部分にしても、高温多湿に俄雨さらには台風に見舞われるこの国では、そうした一切と好対照をなす心安らぐ癒しなのだから。かような条件のもとでは、地面を掃くことは世界を作り直すことにあらず、この上なく簡素な手つきで世界を末永く続けてゆくことに他ならない。空がそのながれを定めるものを見つめられるように、空に向けて一枚の鏡を差し出すことに他ならない。

だが何ものも戦火や激動とは無縁でいられず、趣味嗜好の変化もまた避けがたい。この街のそちこちで幾度となく寺は再建され庭は再考されてきた。人と同じで乾燥と腐敗に弱い苔を生かすべく、地形は造り変えられてきた。このことについては大抵どの寺の案内にも英語（というよりは絶望者《デゼスペラント》の言語と呼ぶべき国際語）で説明書きがあるのだが、果たしてそういう仔細を頭に詰め込んでおきたいと願う人などあるものだろうか。往時の姿を留めるものが一筋の径しかない場合もあると知っておけば十分ではないか。あるいは南禅寺ならば滝口に配された石の並びがそれである。これらの石は時代を正確に特定できる様式で組まれており、時がその回りを巡り出したのは十四世紀半ばのことである。

脇の入口からちょいとお邪魔して、迷路のような参拝順路を進み、一段高いところから庭を見下ろす。というのが寺巡りの定番の流れであるらしいが、趣を異にするものもある。東福寺では、庭の中央を突っ切る道が地面に敷かれ、庭園を二つに隔てている。一方の庭は乾いた部分、敷き詰められた灰色の砂が人の手と光の手によって市松の意匠を描いている。まるで障子の白い格子を地面に描き写したかのように。他方の庭は迫り上がり、緑がこんもりと広がる。その足元にはこぢんまりとした池があり、水はここから引いている。

要するに、どの寺でも守られている日本庭園の原則がこの寺では一見無視されているのである。むしろ西洋の遠近法を日本流に表したものであるようにも見受けられる。とまれ、京都の庭園はみな確たる伝統のうえに築かれているとはいえ、余所と違う考え方があっていけないこともない。十一世紀末に『作庭記』の著者が書いているとおりである。彼は読者に自身の意図をこのように説いている。「ここで述べた石の組み方に関する事柄というのは、その昔人から伝え聞いた事柄であって、内容の良し悪しについて私個人の判断を差し挟むことは控えてある。」

庭園書の古典となったこの文書の著者は、実のところ彼個人の経験を述べてもいる。この人自身作庭のなんたるかを熟知していたのである。橘俊綱《たちばなのとしつな》。えらく込み入った名だが覚えるに値しよう。この人はそもそも実の父親〔藤原頼通〕が邸宅を造営するさまを見ている。俊綱自身は地方官（そして修理大夫）の地位を捨て、趣味の詩歌と音楽を選んだらしい。それはまた庭園の道に進むためでもあった。今日まで読み継がれるものを書くだけの目を備えていたのである。

それは文書としてはごく短いものながら、著者の経験したすべてを十一の項目にまとめた、美学と風水、常識と迷信を足して二で割ったような本である。当然ながら石組に関する記述があり、時に助言めいた調子も混じる（災いを招きたくなくば立っていた石を横たえてはならない、その逆も然りである云々）。そのほか、水は東から西に流すべしといった水の向きのこと、種々の島のこと（雲状の島、靄状の島、砂州状の島……）、さらには水辺のさまざまなアナロジーのことなど。例えば亀の形をした池は長寿祈願に良いとか、滝は必ず月に向けて布のように掛けることで月影を愉しめるとか。

生き生きと創意工夫に富むこの本には、全体を通して実践的な規則が収められているばかりか、時として怒濤のような隠喩が迸る。「山のふもとや横に広がる平野に並ぶ石は、うつ伏せの犬の群れであり、散り散りに走る猪の集団であり、母牛のそばで戯れる子牛である。」俊綱はまた禁止事項もまとめている。いずれも災いを遠ざける手段のことであり、いかに趣味のために作られた場所といえども（例えば島には釣小屋や音楽のための演台がある）、美を優先するあまり運命の方角をないがしろにするのはご法度なのだ。庭園は常に自然の力と調和した、家主の心を満たす場所でなければならない。したがって不吉な表意文字を再現することは避けねばならない。正門の方角にある木、四角い土地の中央にある木、囲い地の中央にある家は、それぞれ別離、苦難、幽閉を思わせる甚だ型破りなものとされていた。

何より凄いのが俊綱自身の邸宅である。これについては平安時代の編年史に悲痛な証言が残っており、それによれば彼の家屋と庭園は一〇九三年に焼失してしまったという。十二月二十四日、寅の刻であった。

念入りに書きつけておいた禁止事項のどれかを自ら破ってしまったのだろうか。それとも彼の知識はそもそも無用の長物だったのか。いずれにせよ災害には勝てなかったわけだ。寄る年波には勝てないのと同じこと。俊綱は翌年納骨されている。

この世の映し鏡として、はたまた風流の場として、庭園には幾世紀にわたり、多くの出資者と作者がいた。例えば天皇がいた。上皇もいた。いずれにせよ大半が仏門に入っていた。財を成した貴族もいた。最後の戦に備える武士もいた。最後の、御供も甲冑もない戦に。中国から戻った僧は、手狭な土地を前に穢れなき世界を夢みていた。建築家は山をどかして砂上に家を建て、儚きものを組み合わせ雲間に永遠を浮かべてみせた。風流人は心を尽くして友を歓待し、みな博学の士であったが、最後には知識を捨てて頭から心、心から手へと力を伝えることができた。その手は土だろうと紙だろうと意のままに扱うことができた。作庭家というのは画家でもあり書家でもあったのである。例えば十六世紀の相阿弥にとって、丸く盛り上がった地面や滝や小径は水墨画のように力強くしなやかなものでなければならなかった。

　京都の庭園の長い歴史とその変遷は驚きの連続である。さればこそ、その次の世紀のはじめに小堀遠州〔江戸前期の大名〕のような作庭家が現れたとしても不思議はない。この人は日本のコルベール〔ルイ十四世の財務総監。建築長官も務め文化政策に尽力〕のような人物であった。指導力にかけては右に出る者のない辣腕の役人で、御所や城閣の造営に際して指揮を執り、国内の地方窯業を促進する傍ら、茶道の巨匠にして作庭家として今日まで崇められている。彼は作者の顔が分かる作品と様式を遺した数少ない作庭家の一人である。すなわち、修復に次ぐ修復や、古い西洋画よろしく確証もなしに作者を特定されるといった憂き目に遭わずに済んだ数少ない人物の一人である(とはいえ彼の作とされているものも数多くあるのだが)。

　遠州の美意識と石組の勘からすれば、彼に土を弄る庭師の旗頭を任せるのは難しい相談ではない。庭師というのは皮革加工を営む河原者よりもほんの少しだけ職に恵まれた賤民であった。死牛馬や遺体に触れなくてよいからだ。庭師たちもまた、そもそも字を読めたかも怪しいが、奥義書とされるような書物の力を借りずして、伝統を絶やさぬよう次の世代へ託してきた。石を選りすぐり、慎重に動かし、ふさわしい場所に置く技術を、石を愛でる気持ちを後世に託してきた。石肌に刻まれた皺は、その一本一本が古文書の一頁であり、一枚の高価な織物である——山襞のつらなりや不意に現れる島嶼を思わせる、石とはそれ自体が風景である。

今日庭園で仕事に精を出しているのはそんな高等賤民の末裔たちだ。つばの広い帽子で陽射しと雨を防ぎ、首には手拭いを巻いている。白い手袋をはめ、木々の剪定にせよ庭の清掃にせよ行き届いたものである。さもなくば苔庭はあっという間に虫喰いの外套と化し、極楽浄土は盗人も手の出せない古絨毯と化すであろう。

帰り道、あるいは天への道、わが白い小石たちは神となろう。なぜなら神々とはありふれた存在であり、剰員があろうと欠員が出ようと歯牙にも掛けない。はじめに火の神〔以下記紀に登場する神々〕。次いで岩を折る神、根を折る神。雷の神、風の神。前山の神、中山の神、奥山の神。青山の神、山麓の神。遠路の神、時間の神。遠海の神、中海の神。岸深の神、接岸の神。海底の神、海面の神、海中の神……。

　わが白い小石たちは神となろう、そして寺の名もまた。シセンドウ、エンツウジ、リョウアンジ、ダイセンイン、コウトウイン、マンシュイン、ギンカクジ、ホウネンイン、ナンゼンジ、トウフクジ、コケデラ。これからも口にするたびに記憶は甦るだろう。しかとこの目に見たような、いや夢のなかにこそ見たような、そんな世界の扉を開く、呪文のような名前たち。この苔寺の木はある書家が植えたものだが〔西芳寺（苔寺）の作庭者夢窓疎石は書も善くした〕、彼の筆には狂いが生じたようで、苔むしろには根という根が縦横無尽に張り巡らされている。ここでは百を超える種類の苔が栽培されている。

　それからまた、芭蕉が閑居したあの草庵のことも私は思い出すだろう。同じ丘の上にある蕪村の墓のことも。蕪村の手で修復された芭蕉庵は山奥の離れのような趣がある。詩仙堂から三百メートルほど行ったところ。

　もうひとつ、イル＝ド＝フランスのある村にあった家庭菜園のことも私はきっと思い出すだろう。あの菜園に水を遣りに行った、夕焼けの細道のことを。この世界にやって来るためにわれわれが通ったはずの道、もう何にも思い出せないその道と同じぐらい窮屈だった、あの細道のことを。

訳者あとがき

ジェラール・マセは偉大な読書家であると同時に偉大な旅行家である。『オーダーメイドの幻想』（*Illusions sur mesure*）は、彼が世界各地を旅しながら書きつらねた紀行文を中心に編まれた書物である。「オーダーメイドの」と訳した sur mesure には「その場に応じた」という意味があり、表題には「訪れた土地土地で出会った幻想の数々」といった含みがある。「幻想」については、マセの先達というべき作家ネルヴァルが偏愛した一語であることを想起されたい。

読書が人を旅に誘うように、物語もまた本から本へ旅をする。そして旅が人を変えるように、それはときに物語の姿も変える。イソップの寓話「アリとセミ」のセミは、日本ではキリギリスに生まれ変わったが、ロシアではトンボになったという。マセ自身の見聞によれば、冥界の川の渡し守はいつしかフランスの川に住み着き、かつてエジプトの海を割った預言者は今、エチオピアで湖を割っているそうだ。

物語は人から人、言語から言語、文化から文化へ伝承されるたび、その場に応じた変化を被りながら、時空を超えて生き延びる。「書物を発明していなければ、人類は空飛ぶ絨毯など決して想像できなかった」というマセの言を借りるなら（『つれづれ草』桑田光平訳）、書物はどうやらそれ自体が一枚の「空飛ぶ絨毯」で、行き着く先々でその土地の刺繍を縫い重ねられるらしい。アリ、セミ、キリギリス、トンボ……。「幻想」とは、世界中の紋様が幾重にもかがられたそのオーダーメイドの織物の美しさのことに他ならない。

したがって、本書は「旅行記」(récit de voyage) であると同時に「物語の旅」(voyage du récit) である。その昔フランスの村から村へ大衆向けの小型本を売り歩いた「行商人」のイメージをマセはこよなく愛するが（この語については『帝国の地図　つれづれ草Ⅱ』の訳者千葉文夫氏によるあとがきも参照されたい）、なるほど旅と読書の寓意たる「行商人」こそは、この作家の営為をもっともよく表す一語であるように思われる。

読書は人を旅に誘う——。マセが仕掛けた「幻想」の続きが見たければ、本書のもくじに誘われて、まずはプラハを訪れてみるのもいいだろう。観光案内所で「影の美術館」の場所を訊ねてみれば、訝しげな顔をした職員から、きっと驚くべき回答が返ってくるはずだから。

*

フランスの片田舎の緑あふれる別荘で、訳者の質問にお答えくださったマセさん。きわめて綿密な編集をしてくださった水声社の神社美江さん。ありがたい機会をくださった桑田光平さん。ならびに、この本を作るために力を貸してくださった方々に深く感謝する。

二〇二〇年三月

鈴木和彦

著者／訳者について――

ジェラール・マセ（Gérard Macé）　一九四六年、パリに生まれる。詩人、写真家。主な著書に、*Le Jardin des langues*, Gallimard, 1974, *Le Manteau de Fortuny*, Gallimard, 1987, *Le Dernier des Egyptiens, Gallimard*, 1988（『最後のエジプト人』白水社、一九九五）, *La mémoire aime chasser dans le noir*, Gallimard, 1993（『記憶は闇の中での狩りを好む』水声社、二〇一九）, *Choses rapportées du Japon*, Fata Morgana, 1993, *Pensées simples*, Gallimard, 2011（『つれづれ草』水声社、二〇一九）, *La Carte de l'empire, Pensées simples II*, Gallimard, 2014（『帝国の地図　つれづれ草Ⅱ』水声社、二〇一九）, *Des livres mouillés par la mer, Pensées simples III*, Gallimard, 2016 などがある。

＊

鈴木和彦（すずきかずひこ）　一九八六年、静岡県に生まれる。パリ・ナンテール大学博士課程修了。博士（文学）。現在、明治学院大学専任講師。専攻、フランス文学。主な著訳書に、*Les Mondes de Gérard Macé* (collectif, Le temps qu'il fait & Le bruit du temps, 2018)、クリスチャン・ドゥメ『日本のうしろ姿』（水声社、二〇一三）などがある。

装幀——宗利淳一

オーダーメイドの幻想

二〇二〇年四月一五日第一版第一刷印刷　二〇二〇年四月二五日第一版第一刷発行

著者――ジェラール・マセ

訳者――鈴木和彦

発行者――鈴木宏

発行所――株式会社水声社

東京都文京区小石川二―七―五　郵便番号一一二―〇〇〇二

電話〇三―三八一八―六〇四〇　FAX〇三―三八一八―二四三七

［**編集部**］横浜市港北区新吉田東一―七七―一七　郵便番号二二三―〇〇五八

電話〇四五―七一七―五三五六　FAX〇四五―七一七―五三五七

郵便振替〇〇一八〇―四―六五四一〇〇

URL : http://www.suiseisha.net

印刷・製本――ディグ

ISBN978-4-8010-0412-2

批評の小径
sentier de la critique

ロラン・バルト　最後の風景　ジャン＝ピエール・リシャール　二〇〇〇円
フローベールにおけるフォルムの創造　ジャン＝ピエール・リシャール　三〇〇〇円
日本のうしろ姿　クリスチャン・ドゥメ　二〇〇〇円
マラルメ　セイレーンの政治学　ジャック・ランシエール　二五〇〇円
夢かもしれない娯楽の技術　ボリス・ヴィアン　二八〇〇円
オペラティック　ミシェル・レリス　三〇〇〇円
みどりの国　滞在日記　エリック・ファーユ　二五〇〇円
記憶は闇の中での狩りを好む　ジェラール・マセ　二〇〇〇円
つれづれ草　ジェラール・マセ　二八〇〇円
帝国の地図　つれづれ草Ⅱ　ジェラール・マセ　二〇〇〇円
氷山へ　Ｊ・Ｍ・Ｇ・ル・クレジオ　二〇〇〇円
ポストメディア人類学に向けて　Ｐ・レヴィ　四〇〇〇円
ラマンタンの入江　エドゥアール・グリッサン　二八〇〇円

［価格税別］